共和国故事

百年圆梦
——二〇〇八年北京奥运会成功举办

李静轩 编写

吉林出版集团股份有限公司

图书在版编目（CIP）数据

百年圆梦：二〇〇八年北京奥运会成功举办/李静轩编. —长春：吉林出版集团股份有限公司，2009.12

（共和国故事）

ISBN 978-7-5463-1854-7

Ⅰ.①百… Ⅱ.①李… Ⅲ.①纪实文学-中国-当代 Ⅳ.①I25

中国版本图书馆 CIP 数据核字（2009）第 237701 号

百年圆梦——二〇〇八年北京奥运会成功举办

BAINIAN YUANMENG　ER LING LING BA NIAN BEIJING AOYUNHUI CHENGGONG JUBAN

编写　李静轩

责任编辑　祖航　李娇　王贝尔

出版发行　吉林出版集团股份有限公司

印刷　三河市嵩川印刷有限公司

版次　2010年1月第1版	2022年1月第9次印刷
开本　710mm×1000mm　1/16	印张　8　字数　69千
书号　ISBN 978-7-5463-1854-7	定价　29.80元

社址　吉林省长春市福祉大路5788号

电话　0431-81629968

电子邮箱　tuzi8818@126.com

版权所有　翻印必究

如有印装质量问题，请寄本社退换

前　言

自1949年10月1日中华人民共和国成立至今，新中国已走过了60年的风雨历程。历史是一面镜子，我们可以从多视角、多侧面对其进行解读。然而有一点是可以肯定的，那就是，半个多世纪以来，在中国共产党的领导下，中国的政治、经济、军事、外交、文化、教育、科技、社会、民生等领域，都发生了深刻的变化，中国人民站起来了，中华民族已屹立于世界民族之林。

60年是短暂的，但这60年带给中国的却是极不平凡的。60年的神州大地经历了沧桑巨变。从开国大典到60年国庆盛典，从经济战线上的三大战役到经济总量居世界第三位，从对农业、手工业、资本主义工商业的三大改造到社会主义市场经济体制的基本确立，从宜将剩勇追穷寇到建立了强大的国防军，从废除一切不平等条约到独立自主的和平外交政策，从"双百"方针到体制改革后的文化事业欣欣向荣，从扫除文盲到实施科教兴国战略建设新型国家，从翻身解放到实现小康社会，凡此种种，中国人民在每个领域无不留下发展的足迹，写就不朽的诗篇。

60年的时间在历史的长河中可谓沧海一粟。其间究竟发生了些什么，怎样发生的，过程怎样，结果如何，却非人人都清楚知道的。对此，亲身经历者或可鲜活如昨，但对后来者来说却可能只是一个概念,对某段历史的记忆影像或不存在,或是模糊的。基于此,为了让年轻人,特别是青少年永远铭记共和国这段不朽的历史,我们推出了这套《共和国故事》。

《共和国故事》虽为故事,但却与戏说无关,我们不过是想借助通俗、富于感染力的文字记录这段历史。在丛书的谋篇布局上,我们尽量选取各个时代具有代表性或深具普遍意义的若干事件加以叙述,使其能反映共和国发展的全景和脉络。为了使题目的设置不至于因大而空,我们着眼于每一重大历史事件的缘起、过程、结局、时间、地点、人物等,抓住点滴和些许小事,力求通透。

历史是复杂的,事态的发展因素也是多方面的。由于叙述者的视角、文化构成不同,对事件的认知或有不足,但这不会影响我们对整个历史事件的判断和思考,至于它能否清晰地表达出我们编辑这套书的本意,那只能交给读者去评判了。

这套丛书可谓是一部书写红色记忆的读物,它对于了解共和国的历史、中国共产党的英明领导和中国人民的伟大实践都是不可或缺的。同时,这套丛书又是一套普及性读物,既针对重点阅读人群,也适宜在全民中推广。相信它必将在我国开展的全民阅读活动中发挥大的作用,成为装备中小学图书馆、农家书屋、社区书屋、机关及企事业单位职工图书室、连队图书室等的重点选择对象。

编　者

2010年1月

目 录

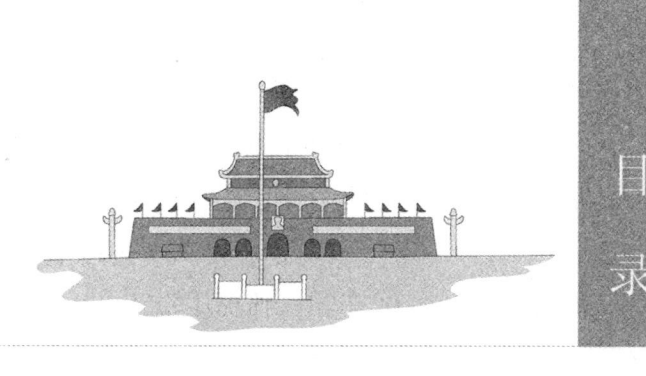

一、奥运开幕

北京奥运会会徽揭晓/002

发布奥运会主题口号/005

展示北京奥运会吉祥物/009

传递北京奥运会火炬/011

举行北京奥运会开幕式/014

世界盛赞北京奥运开幕式/028

二、争金夺冠

中国举重队勇创佳绩/040

庞伟气手枪夺得金牌/052

中国柔道队勇得三金/054

郭文珺气手枪独占鳌头/058

跳水队捍卫"梦之队"荣誉/060

体操队包揽团体金牌/066

仲满佩剑夺得冠军/070

陈颖女子运动手枪夺金/072

体操队连连称雄/074

杜丽获女子步枪第一名/079

目录

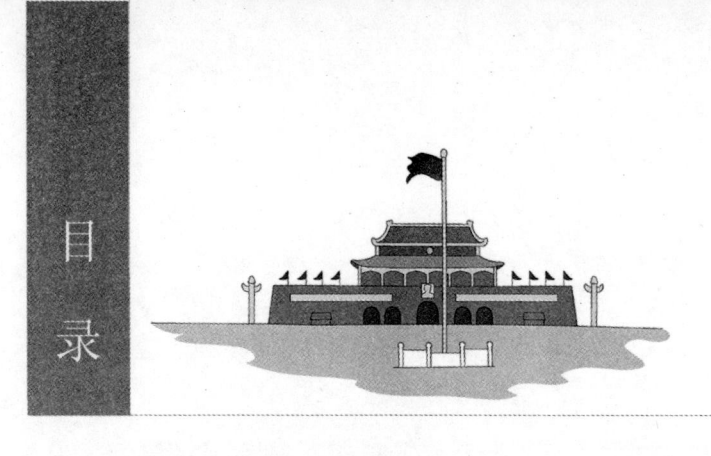

张娟娟射箭夺关斩将/081

中国羽毛球荣誉保卫战/083

射击赛中国成最大赢家/085

赛艇女子四人双桨夺冠/087

王娇成为摔跤队伍的新星/089

乒乓球队再获殊荣/091

何雯娜陆春龙蹦床夺金/095

殷剑问鼎女子帆板/097

跆拳道吴静钰折桂/099

皮划艇金牌卫冕成功/101

拳击赛勇战喜获双金/103

三、圆满成功

交口称赞志愿者服务/106

举行北京奥运会闭幕式/108

世界盛赞北京奥运会/115

一、奥运开幕

- 2007年4月26日,经国际奥委会批准,在北京世纪坛,2008年北京奥运会组委会宣布第二十九届奥运会火炬传递计划路线和火炬样式。

- 2008年8月8日晚,在国家体育场鸟巢,隆重举行北京第二十九届奥林匹克运动会开幕式。

北京奥运会会徽揭晓

2003年8月3日晚，在北京天坛公园祈年殿，举世瞩目的2008年北京奥运会会徽揭晓。

早在2002年4月，奥运会会徽的征集评选工作就已正式启动。截至10月8日，北京奥委会一共收到来自国内外有效作品1985件。

10月14日，奥运会会徽开始进入评选阶段。经过初评和复评，评委们从中选出了10件作品。

2003年2月，奥运会会徽经过又一轮的修改，终于在2月28日，获得国务院批准。

3月28日，2008年北京奥运会会徽最终得到国际奥委会的一致认可。

奥运会会徽的诞生，经历了准备、竞赛、评选、修改、审批通过和公布6个阶段，历时16个月。现在，会徽终于要揭晓了。

8月3日晚上，在中国名曲《茉莉花》的伴奏下，会徽由奥运会乒乓球冠军邓亚萍和著名影星成龙缓缓送上祈年殿。

之后，是一段具有鲜明民族特色的宫廷舞乐表演。

紧接着，时任北京市代市长王岐山宣布：

揭晓仪式开始。

21时,时任中共中央政治局常委、全国人大常委会委员长吴邦国和国际奥委会协调委员会主席维尔布鲁根正式揭晓会徽。

人们终于看到期盼已久的会徽了。

会徽分上中下三个部分,主体为上部大红底色的白色"京"字图形。

"京"字形状酷似汉字的"文"字,取意中国悠久的传统文化。整个"京"字图形为一个向前奔跑、迎接胜利的运动人形,寓意为"舞动的北京"。

"京"字图形下是黑色的英文"Beijing2008"字样,其下是奥运五环标志。

对于会徽的寓意,北京奥组委副主席蒋效愚曾经这样表述:

它体现出来的内涵非常丰富,把中国人含蓄的传统文化和中国人比较稳重的处事态度都展现出来。

国际奥委会主席罗格也由衷地赞叹说:

新会徽青春而富有活力,集中体现了中国的悠久历史和灿烂文化以及中国的未来。这是一个卓越且充满诗意的会徽，这是一个完美的奥运会会徽。

可以说，北京2008奥运会会徽形象是非常独特的，英文的"北京"和2008年以及奥运五环，把奥林匹克精神与中国传统文化完美地融合在一起。

发布奥运会主题口号

2005年6月26日,在北京工人体育馆,北京奥委会隆重举行北京2008年奥运会主题口号发布仪式。

发布仪式上,在全场来宾的热切期盼中,时任中共中央政治局常委李长春宣布北京2008年奥运会主题口号为:

同一个世界,同一个梦想。

话音刚落,全场掌声雷动。

此时,覆盖在主题口号上的朵朵向日葵缓缓升空,奥运会主题口号的中英文的字样——"同一个世界同一个梦想(One World One Dream)"呈现在人们面前。

时任中共中央政治局委员、北京市委书记、北京奥组委主席刘淇主持仪式并致辞。

刘淇说:

这一主题口号表达了中国人民与世界各地人民共有美好家园、同享文明成果、携手共创未来的崇高理想;表达了一个拥有五千年文明,正大步走向现代化的伟大民族致力于和平发展、社会和谐、人民幸福的坚定信念；表达了13亿中国人民为建立和平美好的世界而贡献力量的心声。这一主题口号是"人文奥运"理念的具体体现，是奥运会整体形象和筹办工作的一个指导原则。

时任国务委员、北京奥组委第一副主席陈至立，中央和北京市、北京奥组委有关方面的领导，部分国家驻华外交使节，以及4000多名首都各界群众代表出席了口号发布仪式。

体育馆大厅内，回荡着口号宣传歌曲的悠扬旋律。中国移动在第一时间向全国发出口号短信，现场大型电子屏幕上不时出现各地群众收到口号短信时的微笑画面。掌声、欢呼声和口号宣传歌曲声交织在一起，将口号发布仪式推向高潮。

国际奥委会主席罗格先生特地来信，对北京奥组委发布奥运主题口号表示祝贺。

罗格说：

奥运会用体育来促进和平、增进了解，具有独特的吸引力。北京奥组委提出的2008年奥运会主题口号抓住了这一奥林匹克精神的实质，国际奥委会对此感到欣喜。

在发布仪式上，还播放了主题口号宣传片，刘欢、那英演唱了口号宣传歌曲。

随后，发布仪式结束，一台别致的歌舞晚会在隆重而热烈的气氛中开始了。

魔幻般的舞台效果、欢快的节奏、轻盈的舞姿，使现场观众沉浸在奥林匹克的欢乐之中。

另外，第三届北京 2008 奥林匹克文化节开幕式与本次口号发布仪式同时举行。

可以说，奥运会主题口号是奥运会理念和举办国文化的高度凝练。

并且，经上级批准，"同一个世界、同一个梦想（One World One Dream）"北京 2008 年奥运会主题口号，既是第二十九届奥林匹克运动会的主题口号，又是十三届残奥会主题口号。

北京奥运会主题口号征集活动，是在 2005 年 1 月 1 日开始的。

在短短 1 个月时间里，共收到来自祖国大陆、香港和澳门特别行政区、台湾地区，以及美国、英国、法国、日本、韩国、古巴、挪威、巴西等国的海外华人华侨和国际友人发来的 21 万条应征口号。

口号除大量使用中文、英文外，还使用了法语、西班牙语、葡萄牙语等语种，以表达中国人民对世界各国人民的盛情邀请，也表达了外国朋友对北京奥运会的美好祝愿。

"同一个世界、同一个梦想（One World One Dream）"，集中体现了奥林匹克精神的实质和普遍价值观，即团结、友谊、进步、和谐、参与和梦想，表达了全世界人们在奥林匹克精神的感召下，不断追求人类美好未来的共同愿望。

尽管人们肤色不同、语言不同、种族不同，但我们共享奥林匹克的魅力与欢乐，共同追求人类和平的理想，我们同属一个世界，我们拥有同样的梦想。

"同一个世界、同一个梦想（One World One Dream）"，深刻反映了北京奥运会的核心理念，体现了作为"绿色奥运、科技奥运、人文奥运"三大理念的核心和灵魂及人文奥运所蕴含的和谐的价值观。

建设和谐社会、实现和谐发展，是我们的梦想和追求。"天人合一""和为贵"是中国人民自古以来对人与自然、人与人和谐关系的理想与追求。

此外，英文口号"One World One Dream"句法结构具有鲜明特色。两个"One"形成优美的排比，"World"和"Dream"前后呼应，整句口号简洁、响亮，寓意深远。

中文口号"同一个世界、同一个梦想"中将"One"用"同一"表达，使"全人类同属一个世界，全人类共同追求美好梦想"的主题更加突显。

展示北京奥运会吉祥物

2005 年 11 月 11 日晚，在喜庆而又具有京派韵味的鼓乐声中，北京 2008 奥运会吉祥物的揭晓大幕就此揭开。

首先，由藏族、蒙古族、朝鲜族、维吾尔族等少数民族歌手奉上一曲民族欢歌大联唱，他们用热情的声音和动人舞姿，展示出中国多民族多文化融合的团结氛围。

随后，著名歌星孙楠演唱《爱在北京》。接着，香港歌手谢霆锋演唱了《为你荣光》。两首歌曲旋律有别，前者深情，后者激奋，但始终围绕着"爱"的主题。然后，韦唯唱出一首《共迎奥运》，唱出了中国人民对奥运会的期待之情。

这时，现场大屏幕开始对历届奥运吉祥物进行回顾。突然，镜头转换，天安门广场上倒计时牌上赫然显示着：

距离 2008 年 8 月 8 日奥运会开幕还有 1000 天

此刻，那英、刘欢携手来到台前，共同高歌了一首与北京奥运口号有着相同名字的歌曲《同一世界，同一梦想》。奥运吉祥物发布仪式正式开始。

来自各国和社会各界的朋友以及可爱的孩子们，纷纷走上台来，跨栏王子刘翔和跳水公主郭晶晶更是光彩照人，奥运冠军们的到来预示着最后的高潮——奥运会吉祥物揭晓时刻的来临。

最后，时任中共中央政治局常委全国政协主席贾庆林为今天的主题揭开了谜底：在5块白板上，呈现了5个颜色不同、形态各异、活泼可爱的福娃。现在，万众期盼的北京2008年奥运会吉祥物精彩出炉。5个可爱的福娃从此被赋予生命，向世界说出了"北京欢迎你"。

吉祥物分别是：象征江河湖海的福娃"贝贝"，原型为鱼儿；黑白相间的是福娃"晶晶"，原型为国宝大熊猫；红色的是福娃"欢欢"，以奥运圣火为原型；原型为藏羚羊的福娃"迎迎"；原型为燕子的福娃"妮妮"。

在中国，叠音名字是对孩子表达喜爱的一种传统文化方式。当把5个娃娃的名字连在一起，就会读出北京对世界的盛情邀请——"北京欢迎你"。

这5个福娃是北京2008年第二十九届奥运会吉祥物，其色彩与灵感来源于奥林匹克五环，源于中国辽阔的山川大地、江河湖海和人们喜爱的动物形象。

福娃向世界各地孩子们传递友谊、和平、积极进取的精神，传递人与自然和谐相处的美好愿望。福娃代表了梦想，表达了中国人民的渴望。它们的原型和头饰蕴含着与海洋、森林、火、大地和天空的联系，其形象设计应用了中国传统艺术表现方式，展现了中国灿烂的文化。

传递北京奥运会火炬

2007年4月26日，经国际奥委会批准，在北京世纪坛，2008年北京奥运会组委会宣布第二十九届奥运会火炬传递计划路线和火炬样式。

火炬以中国传统祥云符号和纸卷轴为创意，火炬境外传递城市的22个，境内传递的城市和地区116个。

传递路线是传递活动的基础。根据以往火炬接力惯例和此次火炬接力的特点，北京奥组委制定了路线编制的标准为：

> 有利于展示地方特色，有利于最多数人的参与，有利于安全顺利地运行，有利于电视转播。

按照计划，境外传递原则上每天将有80个火炬手，一天传递里程20公里左右，运行约6小时，并且包括起跑仪式和传递结束后的庆祝活动。

在境外传递期间，境外传递团队转场将全部采用包机方式进行。"国航"将提供一架客机330作为火炬接力运行团队包机。

火炬接力在海外22个城市的传递将有很多亮点，圣火会到达很多世界闻名景点，如俄罗斯圣彼得堡的冬宫、伦敦的大英博物馆、法国的埃菲尔铁塔、印度新德里的红堡、泰国曼谷的大皇宫、韩国首尔的仁寺洞，以及中国香港的维多利亚港等。中国香港和澳门各有120名火炬手参加传递，传递时间相应加长。

境内传递期间，原则上每天将有208个火炬手，每人传递200米，一天传递里程为40到50公里，运行10到12小时。

境内则是通过航空、铁路、公路，进行31个省、自治区、直辖市的转场。其中，传递城市中的许多亮点都被编制在传递路线中。

境内传递天数为97天，传递113个城市和地区，总里程为4万公里，平均每天运行425公里。

2008年3月24日，圣火点火仪式在奥林匹亚举行，3月24日到29日圣火在希腊传递，3月30日圣火交接仪式在雅典举行，3月31日圣火抵达北京，并举行隆重的欢迎仪式。

从4月1日开始，圣火起程前往阿拉木图，开始在境外城市传递，先后传递至东非国家、朝鲜民主主义人民共和国、越南社会主义共和国。

5月2日到达香港，香港站在城门河以龙舟的方式传递，是历来全球圣火传递的第一次。此后依次传递到澳门、海南省三亚市、宁波市、航天发射场、成都市、北京市。8月9日零时4分，圣火来到北京国家体育场，并点燃主火炬。

在火炬传递过程中，曾于5月8日登上海拔2020年12月8日为8848.86米的世界最高山峰珠穆朗玛峰。另外，5月19日到5月21日，火炬中途暂停传递3天，为悼念四川大地震遇难者。在四川省的广汉、绵阳两地改为火炬展示，而自贡、宜宾、都江堰这3个城市取消了火炬传递。

奥运圣火传遍了辽阔的中华大地，可以说，圣火走到哪里，就把北京奥运会"绿色奥运、科技奥运、人文奥运"的理念带到了哪里。

举行北京奥运会开幕式

2008年8月8日中午，时任中华人民共和国主席胡锦涛在人民大会堂举行宴会，隆重欢迎各国各地区贵宾来华出席北京第二十九届奥林匹克运动会开幕式。

在北京奥运会的欢迎宴会上，胡锦涛致祝酒词。他说：

尊敬的国际奥委会主席罗格先生，尊敬的国际奥委会名誉主席萨马兰奇先生，尊敬的各位国家元首、政府首脑和王室代表，尊敬的各位国际奥委会委员，尊敬的各位贵宾，女士们，先生们，朋友们：

今晚，北京奥运会将隆重开幕，我们共同期待的这个历史性时刻就要到来了。我谨代表中国政府和人民对各位嘉宾莅临北京奥运会，表示热烈的欢迎！

在北京奥运会申办和筹办的过程中，中国政府和人民得到了各国政府和人民的真诚帮助，得到了国际奥委会和国际奥林匹克大家庭的大力支持。在这里，我谨向你们并通过你们，向所有为北京奥运会作出贡献的人们，表示诚挚的谢意！

　　借此机会，我对国际社会为中国抗击汶川大地震提供的真诚支持和宝贵帮助，表示衷心的感谢！世界各国人民的深情厚谊，中国人民将永远铭记！

　　女士们、先生们、朋友们！2800多年前在神圣的奥林匹亚兴起的奥林匹克运动，是古代希腊人奉献给人类的宝贵精神和文化财富。诞生于1896年的现代奥林匹克运动，继承了古代奥林匹克传统，发展成为当今世界参与最广泛、影响最深远的文化体育活动。在历届奥运会上，各国运动员秉承更快、更高、更强的宗旨，顽强拼搏，追求卓越，创造了一个又一个佳绩，推动了世界体育运动蓬勃发展。

　　奥运会是体育竞赛的盛会，更是文化交流的平台。国际奥林匹克运动把不同国度、不同民族、不同文化的人们聚集在一起，增进了世界各国人民的相互了解和友谊，为推进人类和平与发展的崇高事业作出了重大贡献。

　　当今世界既面临着前所未有的发展机遇，也面临着前所未有的严峻挑战。世界从来没有像今天这样需要相互理解、相互包容、相互合作。北京奥运会不仅是中国的机会，也是世界的机会。我们应该通过参与奥运会，弘扬团结、友谊、和平的奥林匹克精神，促进世界各国人民沟通心灵、加深了解、增强友谊、跨越分歧，推动建设持久和平、共同繁荣的和谐世界。

女士们、先生们、朋友们！举办奥运会，是中华民族的百年期盼，是全体中华儿女的共同心愿。2001年北京申奥成功以来，中国政府和人民认真履行对国际社会的郑重承诺，坚持绿色奥运、科技奥运、人文奥运理念，全力做好各项筹办工作。我相信，在国际奥委会和国际奥林匹克大家庭支持下，我们一定能够共同把北京奥运会办成一届有特色、高水平的奥运会。

现在，我提议：为国际奥林匹克运动蓬勃发展，为世界各国人民团结和友谊不断加强，为各位嘉宾和家人身体健康，干杯！

8月8日晚，在国家体育场"鸟巢"，隆重举行北京第二十九届奥林匹克运动会开幕式，胡锦涛和各国各地区贵宾出席了奥运会开幕式。

出席开幕式的党和国家领导人还有江泽民、吴邦国、温家宝、贾庆林、李长春、习近平、李克强、贺国强等。

国际奥委会主席罗格，国际奥委会终身名誉主席萨马兰奇，国际奥林匹克委员会、各国际单项体育联合会负责人等出席开幕式。

夜幕下，"鸟巢"造型的国家体育场华灯灿烂，流光溢彩。可容纳9万多人的体育场内座无虚席。

在开幕式前，来自各地区各省市的表演团队献上了精彩的民族歌舞。中国人民以具有浓郁中华文化内涵的方式，热烈地欢迎着来自全世界的宾朋。

19时51分，在欢快的乐曲声中，胡锦涛、江泽民和雅克·罗格、萨马兰奇和各个国家的领导人以及奥委会相关组织人员走上主席台，向全场观众挥手致意。全场响起雷鸣般的热烈掌声。

一道耀眼的光环，照亮古老的日晷。体育场中央，随着一声声强劲有力的击打，2008尊中国古代打击乐器缶发出动人心魄的声音，缶上白色灯光依次闪亮，组合出倒计时数字。

在雷鸣般的击缶声中，全场观众随着数字的变换一起大声呼喊：10、9、8、7、6、5、4、3、2、1。在一片欢呼声中，迎来了开幕式开始的时刻。

2008名演员击缶而歌，吟诵着"有朋自远方来，不亦乐乎"，表达对世界各地奥运健儿和嘉宾的欢迎。

在国家体育场焰火燃放阵地，顶部燃放点有287个，中心区阵地27个。在燃放点工作人员点燃了焰火，焰火在高空绽放，整个体育场如盛开的花朵。五彩的焰火沿北京南北中轴线次第绽放；呈现出象征第二十九届奥运会的29个巨大脚印。由焰火组成的脚印穿过天安门广场，一路向北，朝主会场走来。巨大的脚印化作满天繁星飘落，聚拢成闪闪发光的梦幻五环。

天上飘下来的仙女，她们的名字叫"飞天"。奥运五环被仙女提起，展现在观众面前，令人们震撼不已。

8名持旗手水平持旗，隆重展示国旗。7岁女孩杨沛宜唱响《歌唱祖国》，林妙可上台演出。在国人熟悉悠扬的歌声中，56个身着民族服装的儿童簇拥着国旗走来，代表了中国56个民族合为一家。

20时12分，全体起立，升旗手升起中华人民共和国国旗。224名民族国歌合唱队员唱中华人民共和国国歌。民族国歌合唱队是由来自56个民族的演员组成的。

随后，北京奥运会开幕式文艺演出正式开始。

当场地上巨大的卷轴慢慢拉开时，全场人为之震撼。这幅147米长、27米宽的巨大LED屏幕，是展现中国五千年历史的长卷。

"太古遗音"、四大发明、汉字、戏曲，展示着中国灿烂的神奇文化。在悠扬的乐曲中，长卷上浮现出2000多年前丝绸之路的商队和地图，上千名水手手持黄色巨桨，组成巨大船队，再现郑和下西洋的盛况。

音乐声中，巨桨翻飞，海天一色，惊涛骇浪中，两支船队如巨龙般飞舞，全场观众欢声如潮。

"画卷"表现了中国历史文化的起源和发展。笔墨纸砚更是中国的"文房四宝"。

画卷中央，铺放着一张白纸。造纸术，是中国古代的四大发明之一。画纸四周的绫子上，流淌着中国文化起源和发展的图案，有岩画、陶器和青铜器。一张1000多年前的古琴，名为"太古遗音"。演员们独特的身体语言，蕴含了中国水墨画的意趣和韵味。演员在纸上画了朵朵祥云，画了山川、河流、太阳。祥云神奇地消散，只留下山水和太阳。地面上是中国古代名画《千里江山图》。

在人类的文明中，汉字具有独特的美。它化天地于形象，化形象于符号。小小的符号变幻无穷，包容了宇宙万物，传达出中国关于人与人、人与自然的最古老的人文理念："和为贵。"

在画卷上，孔子的"三千弟子"手持竹简，吟诵着《论语》中的名句："四海之内，皆兄弟也。"

接着是活字印刷的表演。"活字印刷"是中国古代的四大发明之一。"活字印刷"的表演，既像古代的活字字盘，又像现代的电脑键盘。

5897块活字印刷字盘变换出不同字体的"和"字，表现了中国汉字的演化过程，也表达了孔子的人文理念："和为贵。"

画面上，出现了以线条的形式表现出的长城，还有朵朵桃花，浪漫、写意，充分表达了中国人民热爱和平的美好心愿。

随后，中国传统的京剧打击乐开始表演，京剧被称为"东方歌剧"。舞旗的演员身着兵俑服饰在不停地舞动。在京胡、锣鼓伴奏下，是4个京剧木偶和800名演员表演喜悦的凯旋场面。

接着,是"海上丝绸之路""郑和下西洋"的表演。演员手举古老的指南针,指南针是中国古代的四大发明之一。灯光转换,演员演唱昆曲。地面上,是中国最有名的五幅长卷画,它们分别来自唐、宋、元、明、清五大朝代。

节目热烈奔放、辉煌壮观,生动展现了中华文化的博大精深。

钢琴声清亮、欢快,1000名演员扮成群星在舞台上欢舞,如同浩瀚的银河在流动,搭建起星光闪闪的"鸟巢",红衣少女放飞美丽的风筝。

太极表演刚柔相济、气势磅礴,天圆地方的太极阵里,天真烂漫的孩子唱着童谣,手持彩笔在水墨画上描绘出青山绿水和笑吟吟的太阳,五彩斑斓的鸟群展翅翱翔……

这些空灵简约、韵味深长的艺术表现,深刻体现了中国人民喜迎奥运的激情和对和平、和谐的真诚追求。

宏大的音乐骤然响起,浩渺的宇宙中,群星闪耀,蓝色的地球缓缓旋转,58名演员在地球上奔跑、翻跃。

"我和你,心连心,同住地球村。为梦想,千里行,相会在北京……"英国女歌手莎拉·布莱曼和中国歌手刘欢,深情地唱起北京第二十九届奥林匹克运动会主题歌《我和你》。

体育场上展现出2008张世界各地儿童的笑脸,情真意切的主题歌和不同肤色儿童的笑脸，形象生动地诠释了北京奥运会"同一个世界、同一个梦想"的主题。

21时10分19秒，运动员入场式开始。反映世界五大洲风格的乐队轮番奏响不同大陆的经典乐曲。

来自奥林匹克运动发源地的希腊代表团首先入场，其他国家和地区代表团按简化汉字笔画顺序先后进场。

共有204个国家和地区的代表团参加本届奥运会。204个国家和地区的代表团旗手有男有女，他们来自不同的项目。

东道主中国代表团最后入场。中国体育代表团共1099人，其中参赛选手639人，创中国历届奥运会参赛人数之最，也是本届奥运会参赛运动员最多的代表团。

中国代表团持旗手、著名篮球运动员姚明拉着四川省汶川县映秀镇渔子溪小学二年级学生林浩的手，走在队伍最前列。

陆续入场的运动员个个朝气蓬勃、精神抖擞，不时微笑着向观众挥手致意。现场观众用热烈的掌声和欢呼声，欢迎他们的到来。

入场过程中，每个运动员都在体育场中央的画面上留下了彩色足迹。五颜六色的足迹与文艺表演留下的图画，共同构成一幅"人类家园"的美丽景象。

运动员入场式结束后，北京奥运会组委会主席刘淇在开幕式上致辞。刘淇说：

尊敬的胡锦涛主席和夫人，尊敬的罗格主席和夫人，尊敬的各位来宾，女士们，先生们，朋友们：

今天来自奥林匹亚的圣火，穿越五大洲四大洋，将在这里熊熊燃起，在这激动人心的历史时刻，我谨代表第29届奥林匹克运动会组织委员会向来自世界各国家地区的运动员、教练员和来宾表示热烈的欢迎。

刘淇向国际奥林匹克委员会，各国际单项体育组织，向参与奥运会筹办的建设者和工作者，向所有关心支持北京奥运会的朋友们表示衷心的感谢。

刘淇在发言中说：

举办奥运会是中华儿女的百年梦想，七年前，13亿中国人民与奥运有一个美好的约定，从那时起，在国际奥委会的指导帮助下，中国政府和人民满怀激情，以最大的努力实践绿色奥运、科技奥运、人文奥运理念，认真做好筹办工作。兑现向国际社会作出的郑重承诺，使奥林匹克精神在中华大地得到更广泛的传播。

在我国，四川发生特大地震灾害以后，国际社会和国际奥委会给予了支持与援助，刘淇对此表示了感谢：

国际社会和国际奥委会的支持与援助使中国人民感到温暖，也使我们增强了重建美好家园，办好北京奥运会的信心。奥林匹克运动的魅力在于它巨大的包容力，今天全世界204个国家地区，不同民族、不同宗教信仰的人们，相聚在五环旗下，增进了解，加深友谊，共同奏响同一个世界，同一个梦想的乐章。奥林匹克精神的真谛在于追求以人为本，实现人的自我超越和自我完善。每一个运动员将在公平竞争的环境中，展现精湛的技艺，迸发参与的激情，创造心中向往的辉煌，北京奥运会的使命在于促进世界各国文化的交流，我们真诚希望中华民族悠久的历史文化，充满生机活力的城市和农村，热情好客的人们能够给朋友们留下美好的记忆。朋友们，北京欢迎你。Welcome to Beijing！现在非常荣幸邀请国际奥委会主席罗格先生致辞。

国际奥委会主席罗格在开幕式上致辞：

中华人民共和国主席先生，刘淇先生，奥组委的成员们，亲爱的中国朋友们，亲爱的运动员们：

长久以来，中国一直梦想着打开国门，邀请世界各地的运动员来北京参加奥运会。

今晚，梦想变成了现实，祝贺北京！

你们选择"同一个世界，同一个梦想"作为本届奥运会的主题，今晚就是这个主题的体现。

我们处在同一个世界，所以我们像你们一样，为四川的地震灾难而深感悲恸。中国人民的伟大勇气和团结精神使我们备受感动。

我们拥有同一个梦想，所以希望本届奥运会带给你们快乐、希望和自豪。

各位运动员，我们的创始人皮埃尔·德·顾拜旦是因为你们而创立了现代奥林匹克运动会，奥运会属于你们。让奥运会成为运动员的盛会。

请大家牢记，奥运会不仅仅意味着比赛成绩。奥运会还是和平的聚会。204个国家和地区奥委会相聚于此，跨越了民族、性别、宗教以及政治制度的界限。

请大家本着奥林匹克的价值和精神，即卓越、友谊和尊重，投身于比赛。

亲爱的运动员们，请记住，你们是世界青年的楷模，请拒绝兴奋剂，向作弊说不。

你们的成就和表现应该让我们感到骄傲。

当我们把奥林匹克梦想变成现实之时,我们要诚挚地感谢北京奥组委,感谢他们不辞劳苦的工作。我们还要特别感谢成千上万、无私奉献的志愿者们,没有他们,这一切都不可能实现。

北京,你是今天的主人,也是通往明天的大门。感谢你!

现在,我荣幸地邀请中华人民共和国主席先生宣布第二十九届现代奥林匹克运动会开幕。

23时36分,一个万众期盼的时刻到来了。国家主席胡锦涛用洪亮的声音宣布:

北京第二十九届奥林匹克运动会开幕!

顿时,璀璨的焰火绽放夜空,激昂的旋律响彻全场,彩旗挥动,欢呼声经久不息。

8位执旗手手持奥林匹克会旗入场。他们是我国不同时期优秀运动员的代表:创造我国田径史上第一个世界纪录的女子跳高运动员郑凤荣,3次打破百米蛙泳世界纪录的泳坛健将穆祥雄,多次获乒乓球世界冠军的张燮林,首次登顶珠穆朗玛峰的女运动员潘多,获得过13个世界冠军的羽毛球运动员李玲蔚,曾刷新10米移动靶项目奥运会纪录的射击运动员杨凌,连续在4届奥运会上摘金夺银的跳水运动员熊倪，实现我国冬奥会上金牌"零的突破"的短道速滑运动员杨扬。

80名身着民族服装的儿童，唱起奥林匹克会歌。奥林匹克会旗缓缓升起，最后和五星红旗一道，在体育场上空高高飘扬。

在五环旗前，中国乒乓球运动员张怡宁、中国裁判员黄力平分别代表全体参赛运动员、裁判员庄严宣誓。

"我们在这里相逢，语言不同一样的笑容……"优美的歌声中，100名身着白衣的少女带领着全场运动员、演员和观众，一起用双手舞动出"和平鸽"的形象，"鸟巢"的膜结构碗边则变成了大屏幕，播放着全世界各种肤色的人们"手舞和平鸽"的画面。用人去演绎和平的象征，奥运和平理念更加彰显。

23时54分，取自奥林匹亚的奥运圣火抵达国家体育场，激动人心的奥运圣火点燃仪式即将开始。全场观众挥动彩色手电。

在过去4个多月里，奥运圣火穿越五大洲，传遍中华大地，首次登上世界最高峰珠穆朗玛峰，在两万多名中外火炬手的接力传递中，一路点燃激情，一路传递梦想。

8名火炬手高擎火炬，在体育场内进行最后的传递。

摘取中国奥运史上第一枚金牌的许海峰、中国第一位奥运会跳板跳水金牌获得者高敏、第一位夺得体操世锦赛个人全能金牌的中国选手李小双、中国举重史上唯一得过两枚奥运金牌的占旭刚、中国奥运史上第一枚羽毛球混双金牌获得者张军、中国首枚67公斤以上级跆拳道奥运冠军获得者陈中……曾经创造一个个辉煌的著名运动员，手举圣火在体育场内慢跑，受到全场观众热烈欢迎。

9日零时整，第七名火炬手、曾为中国女排夺得"三连冠"立下汗马功劳的中国女排前队长孙晋芳举着火炬，来到体育场上的一个高台，将等候在这里的著名体操运动员李宁手中的火炬点燃。

高举火炬的李宁腾空飞翔，在体育场上空一幅徐徐展开的中国式画卷上矫健奔跑，画卷上同时呈现出北京奥运圣火全球传递的动态影像。

在空中奔跑的李宁来到火炬塔旁，点燃引线，巨大的火炬顿时燃起喷薄的火焰，熊熊燃烧的奥林匹克圣火把体育场上空映照得一片辉煌。

圣火点燃，全场沸腾。绚丽的焰火腾空而起，在体育场上空辉映成七色彩虹。奔放的音乐声、热烈的欢呼声震耳欲聋。

同一时间，北京各地4万余发焰火齐放。从灯火辉煌的奥运村，到古色古香的永定门；从巍然雄踞的居庸关长城，到花团锦簇的天安门广场，万紫千红的焰火如星空下的一条彩带，与国家体育场上空的焰火遥相呼应。

欢歌劲舞，火树银花，这是13亿中国人民永难忘怀的时刻，这是现代奥林匹克运动又一辉煌的瞬间。

世界盛赞北京奥运开幕式

奥运会开幕后，在华出席北京奥运会开幕式及相关活动的外国领导人，盛赞开幕式的成功举行和中国政府、中国人民为北京奥运会作出的杰出贡献，纷纷表示相信北京奥运会将圆满成功。

美国总统布什说：

中国政府和人民给世界各国人民奉献了一场壮观、成功的奥运会开幕式。其精彩程度令人难以置信。

俄罗斯总理普京说：

祝贺北京奥运会开幕式取得圆满成功，期待着俄中两国运动员取得好成绩，并为全世界体育爱好者带来更多快乐。

法国总统萨科齐说：

很荣幸来华出席北京奥运会开幕式，并对中国人民为筹办奥运会所作出的巨大努力和杰出贡献表示钦佩。我深信，2008年8月8日将标志着中国的伟大复兴。

日本首相福田康夫说：

奥运会是各国人民欢聚一堂的体育盛会，也是世界各国超越国境加强相互理解和信赖的难得机会。

韩国总统李明博说：

开幕式规模宏大，井井有条，富有中国传统气息。同时也展现了很高的现代科技，全世界人民都会对此感到惊奇。作为亚洲人，我对北京奥运会开幕式的成功举行感到自豪。

澳大利亚总理陆克文说：

北京奥运会开幕式非常隆重，独一无二，令人耳目一新，十分震撼，特别是主火炬点燃的方式很有创意，给全世界留下了深刻印象。

美国《世界日报》发表社论说：

北京奥运会是让全中国、全中华民族的软实力有一集中体现的机遇,更是中华民族历经百年的无尽折磨和严峻考验之后,得以主盟人类软文明的盛会,同时也见证了中国的再次崛起。以奥运会提升中国形象,这正是主办奥运会的辐射效应。

世界各国媒体对于2008年北京奥运会开幕式都纷纷给予非常积极的评价。

英国、德国、日本、韩国等外国媒体都称北京奥运会开幕式是艺术之美的杰作,中华文化的缩影。

韩联社的报道说:

中国著名导演张艺谋在实现中国人百年梦想的北京奥运会开幕式上,让神话成为现实,为全世界65亿人口完美呈现了"满汉全席"——单凭观赏就能饱尝艺术之美的杰作。

鲜艳的色彩,强烈的对比,唯美的影像,以及结合实物与特效的前卫的尝试,展现出波澜壮阔的历史画卷,而这几千年的历史,正是靠人的手创造出来的。

当天,日本共同社也报道说:

这是亚洲时隔 20 年第三次举办夏季奥运会。中国拥有 13 亿人口，是全球人口最多的国家。此次中国高举"同一个世界，同一个梦想"口号。

参加开幕式的各国首脑超过 80 名，为历年奥运会最多，其中包括了日本首相福田康夫等。盛大的文艺表演展现了中国悠久的历史画卷，尾声部分会升起巨大的"地球"，以此强调大会主旨。

日本广播协会电视台转播了北京开幕式，并评论说：

开幕式上的表演具有强烈的中国特色，如京剧、提线木偶等节目，表演壮观而有气势，融合了传统和现代。主持人不时为精彩的表演发出由衷的赞叹。

同时，法国国家电视台的评论员说：

这个精彩绝伦的开幕式是中国人精心准备了超过三年时间的结果，这个"鸟巢"虽然是由外国人设计的，但开幕式演出百分之百是中国味的。

评论员赞叹中国历史的悠久古老、中国文化的博大精深。

法国的《费加罗报》、《世界报》和《队报》等主流纸质媒体也迅速在其网站上对北京奥运会开幕式进行了报道。

法新社评论说：

> 北京奥运会揭开了序幕，开幕典礼十分壮观，烟花照亮了整个北京夜空。从古老的朝代到现代大国，北京奥运会开幕式描绘了丰富多彩的中国历史。

另外，俄罗斯国家电视台全程直播了北京奥运会开幕式盛况。现场评论员赞叹说：

> 北京奥运会开幕式史诗般展现了中华民族的文明长卷。这是中国所独有的，不可复制的。

该台新闻频道除了直播开幕式外，还与设在北京的演播室及前方记者连线，实时报道现场情况，并约请有关专家进行点评。

8月8日，德国电视一台也全程实况转播了北京奥运会开幕式盛况。有关评论中说：

这是一场构思精巧、表演得完美无瑕、令人印象深刻的奥运开幕式，滑过"鸟巢"中9万多名观众眼帘的是中国几千年的历史。绚烂多彩的图案、众多的象征意义和人们脸上绽放的幸福笑容，北京奥组委努力向全球观众展示了一幅幅动人心魄的画面。

法国国营电视二台也实况转播了北京奥运会开幕式盛况，电视台解说员对中国文化十分了解。

当四大发明和丝绸之路等场景出现时，解说员详细介绍了相关的历史。开幕式上展现古人阅读竹简场景时，解说员同步介绍了竹简的来历和功用，并称孔子的儒家学说和思想就是通过竹简流传下来的。

《柏林晨邮报》8日在头版也刊出了北京奥运会主会场"鸟巢"的一张夜景照片，配发文章用中德两种文字写道："北京欢迎您。"

《南德意志报》在当日的奥运专版报道了一系列德国名人对北京奥运会的期待。

德国体育用品商特里格马公司总裁格鲁佩说：

我认为今年的奥运会选在北京举行是件很棒的事，中国向融入一个全球化世界迈出了很大一步……我认为，今年的奥运会将使欧盟与中国这样一个大国更加接近。

英国广播公司也报道称，北京奥运会开幕式场面"盛大壮观"。报道说：

北京奥组委承诺一个盛大的开幕典礼，目前看起来已经实现。为本届奥运会，中国政府为兴建新体育设施和基础设备投入巨资。

英国广播公司，即BBC，是英国奥运会和残奥会的独家广播公司，拥有本届奥运的电视、广播、在线、移动手机的英国转播权。

广播公司所属的电视一台、高清晰频道、欧洲体育台都对北京奥运会开幕式进行了实况转播。

BBC主持人休·爱德华兹在实况转播北京奥运会开幕式时评论说：

开幕式充分显示了中国人的自信。

欧洲体育台主持人称：

北京奥运会的规模超出任何想象，它简洁、超常、令人惊叹。

8日，瑞典电视台也全程转播北京奥运会开幕式，评论员称赞开幕式:"古香古色、气势宏大。"

此外,瑞典电视台同时在其网站上发表评论,认为开幕式从色彩、灯光、舞蹈到大型表演都体现了"和"的主题,尤其是大型集体表演更让人获得了非凡的视觉冲击。

8日,西班牙国家电视台一早就开始转播北京奥运会开幕倒计时,并全程转播开幕式实况。

电视台主持人赞叹开幕式场面非常精彩,完美地将中国传统文化和现代中国的风采结合在一起,展示在全世界观众面前。

葡萄牙国家电视台二频道也转播了开幕式,解说员在北京奥运会开幕式转播节目中评价说:

> 中国人通过北京奥运会开幕式以其独特的方式向世界诉说着自己的悠久历史和传统文化,中国人向世界诉说自己的历史和文化的方式具有不同寻常的、丰富的想象力。

保加利亚国家电视台也转播了北京奥运会开幕式盛况,解说员说,北京奥运会的开幕式简直"完美无缺","无可挑剔","很好地展现了中国的历史和文化"。解说员还评论说:"开幕式的电视播出效果无与伦比。"

俄罗斯国家电视台对北京奥运会开幕式进行全程转播,并给出了积极评价,认为本届奥运会开幕式反映了改革开放30年来中国发生的巨大变化及取得的巨大成就，中国人民不仅在物质生活上，在精神生活上也富足了起来。

新西兰电视一台和新西兰在南太平洋岛国的电台也都实况转播了北京奥运会开幕式。解说员说：

> 今天是中国人民历史上最伟大的一天，开幕式相当成功、精彩……当中国运动员入场时，中国代表团旗手、著名篮球运动员姚明和四川省汶川县映秀镇渔子溪小学二年级学生林浩，走在队伍的最前列，这是非常感人的一幕。

乌拉圭时间8日上午，乌拉圭蒙特卡洛电视台也对北京奥运会开幕式进行实况转播。

电视台记者马里奥·乌贝迪在从北京"鸟巢"发回的现场报道中说，北京奥运会开幕式精彩动人、气势恢弘，令人"难以置信"。开幕式表演中传递出和谐、祥和的气息，是奥林匹克精神的体现。

8日晚间，越南中央电视台实况转播了北京奥运会开幕式，解说员评论说：

> 开幕式惊喜连着惊喜，"鸟巢"的舞台上充满了光与声的变幻，以极高的艺术表现力展现了中国五千年的璀璨文明和现代科技的发展。

开幕式演出中浓重的中国符号被越南解说员一一辨认出，解说员将孔子、四大发明、书法、丝绸之路等历史文化娓娓道来。

越南中央电视台解说员还特别提到，由刘欢和莎拉·布莱曼共同演绎的本届奥运会主题歌《我和你》打动人心，展示了和谐的精神。

8日晚，巴基斯坦多家电视台也实况转播了北京奥运会开幕式，称"精心准备的开幕式给人们留下深刻印象"。巴基斯坦黎明新闻电视台特别邀请体育界人士现场解读开幕式盛典，并表示："北京奥运会是中国向世界展示自己文化和国家形象的好机会，开幕式非常有特色，让人印象深刻。"

科特迪瓦国家电视台在8日这一天，也全程转播了北京奥运会开幕式。

此外，芬兰、韩国、捷克、阿尔巴尼亚、印度尼西亚、科威特、卡塔尔、印度、罗马尼亚、加拿大、柬埔寨、斯里兰卡、马尔代夫等国的电视台也都实况转播了北京奥运会开幕式盛况。

可以说，在中国北京举行这一华美的开幕式时，全世界的目光都集中到了这里。

对于2008年北京第二十九届奥林匹克运动会的开幕式，9万人在现场，中国地区11亿人，全球44亿人通过电视观看开幕式，本次奥运会创下了人类历史上节目收视率的最高纪录！

二、争金夺冠

- 最后一枪，庞伟的成绩与冠军如此接近，他开始有些激动，最终打出了9.3环，以总成绩688.2环夺得了冠军。

- 最后一个500米，中国队依旧落后半个艇的距离，但是在最后的250米她们反超英国队。最终，中国队以6分16秒06获得第一。

- 经过四回合8分钟的艰苦对决，26岁的张小平最终以11比7，战胜爱尔兰选手肯尼·伊根夺魁。

中国举重队勇创佳绩

2008年8月9日上午，在北京航空航天大学体育馆，女子举重48公斤级决赛拉开战幕。

经过几个回合的角逐，韩国选手林琼花的抓举成绩为86公斤，土耳其小将厄兹坎勉强抓举起了88公斤。

针对其他选手的抓举成绩，中国选手陈燮霞对抓举的重量进行了调整，将原定的92公斤降为90公斤。

首举成功后，第二举陈燮霞在教练马文辉"到位"的喊声中，举起了92公斤，第三举她又举起了93公斤。

挺举还没有开始，陈燮霞已领先对手厄兹坎7公斤。此时，抓举的争夺基本演变为中国选手陈燮霞与厄兹坎、林琼花之间的争夺战。

挺举决战，25岁的陈燮霞最后一个亮相，第一次试举，她便举起了113公斤，总成绩超越了厄兹坎9公斤，基本锁定胜局。

此后，陈燮霞又接连举起115公斤、117公斤的重量，以总成绩为212公斤稳稳地把金牌拿到了手。

而土耳其的厄兹坎受到了同队选手塔伊兰出局的影响，挺举首把冲击108公斤失败，经过调整后，第三把挺举，她才勉强举起110公斤的重量。最终，她以总成绩199公斤获得银牌。

体重为47.11公斤的中华台北选手陈苇绫的抓举成绩为48公斤。挺举时，她发挥出色，前两把分别举起108公斤和112公斤。挺举两把过后，她已稳获铜牌。挺举第三把，她冲击115公斤，可惜没有成功，只能位列第三。

韩国选手林琼花挺举成绩显然无法与抓举相提并论，她只举起了110公斤。虽然总成绩与中华台北选手陈苇绫一样，为196公斤，但由于体重稍重一些，因此名列第四。

而雅典奥运会该级别冠军塔伊兰抓举开把冲击84公斤，一度处于半退役状态的她三把全部失败，提前出局。落寞的塔伊兰离场前特地吻了一下红色的杠铃片，便黯然地离场了。

此刻胜利的荣耀属于中国选手陈燮霞，她以总成绩212公斤，打破了上届奥运会冠军塔伊兰保持的210公斤的纪录，并且为中国军团获得了本届奥运会的第一枚金牌。

就在陈燮霞夺得金牌的同时，她的故乡广州番禺区大坳村此前准备的1888响的鞭炮立即派上了用场。乡亲们为该村的好女儿陈燮霞获得中国奥运会首金燃放鞭炮。

在女子举重48公斤级决赛结束后，第二天，又开始了男子56公斤级举重决赛。

2008年8月10日晚，在北京航空航天大学体育馆，举行北京奥运会男子56公斤级举重决赛。

18岁的中国小将龙清泉参加了这一级别的比赛，55.37公斤重的他，在该级别选手中体重最轻。

小将龙清泉成功抓举起了125公斤和130公斤的重量。此后又抓举起132公斤的重量。

挺举时，他又成功举起了155公斤和160公斤的重量，但在最后一把冲击164公斤时失败。最后，龙清泉以292公斤的总成绩，力压群雄夺得了冠军。

此外，越南名将黄英俊在第三把抓举起130公斤，挺举决战，第三把冲击160公斤成功，总成绩锁定为290公斤，名列第二。

年长龙清泉1岁的印尼选手埃科是当晚第二个抓举起130公斤的人。由于他是在第三把才取得成功，所以抓举成绩也仅仅定格在此。挺举决战中，他第二把失败，提前告别了冠军争夺，最终以挺举158公斤，总成绩为288公斤，夺得了季军。

在北京奥运会男子56公斤级举重比赛中，龙清泉以总成绩292公斤夺得冠军。颁奖仪式上，龙清泉幸福地体会着金牌的味道。

8月11日傍晚，在北京航空航天大学体育馆，女子举重58公斤级的决赛拉开了战幕。

参加比赛的中国选手陈艳青，最后一个亮相抓举。在她出场之前的11位运动员中，最好成绩是99公斤，这一重量由厄瓜多尔选手亚历山德拉·埃斯科瓦尔在第三把时勉强举起。

而阿尔巴尼亚选手罗梅拉·贝加伊和泰国选手旺迪·甲梅因,在第三把抓举时,都没有举起100公斤。

针对其他选手的抓举成绩,陈艳青重调了开把重量,把原定的102公斤改为100公斤。

一上场,陈艳青沉着应对,她轻松举起了100公斤的重量。之后的两把,陈艳青接连举起103公斤和106公斤的重量。

就这样,在挺举还没有进行的情况下,陈艳青就已经遥遥领先其他选手了。

陈艳青在挺举较量中依然处于领先地位,她在第一次开把时,就挺举起130公斤的重量。

紧接着,她又成功挺举起了132公斤、138公斤的重量,并且改写了该级别奥运会挺举纪录和总成绩纪录。

4年前,陈艳青在雅典创造的抓举奥运会纪录,在北京没有被打破。

陈艳青以领先7公斤的差距,让其他选手难以超越。因此,挺举实力较强的俄罗斯选手玛丽娜·沙伊诺夫、朝鲜选手吴贞爱、泰国选手旺迪·甲梅因3人展开了银牌争夺战。

俄罗斯选手玛丽娜·沙伊诺夫第三把举起129公斤的重量,总成绩为227公斤,摘得银牌。

朝鲜选手吴贞爱虽挺举举起了131公斤,但由于抓举成绩一般,总成绩为226公斤,取得铜牌。

中国选手陈艳青表现出色,在29岁上又谱写了新的传奇。她以总成绩 244 公斤成功卫冕该级别的冠军。

陈艳青打破女子举重 58 公斤级挺举和总成绩两项奥运会纪录，也成为女子举重历史上第一位蝉联奥运会金牌的选手。

在陈艳青卫冕冠军后，张湘祥也夺得了男子举重 62 公斤级的金牌。

2008 年 8 月 11 日，在北京航空航天大学体育馆，举重男子 62 公斤级的决赛也拉开了战幕。

参加这一级别比赛的中国选手是张湘祥，他在抓举比赛中，成绩是 143 公斤，以一公斤的优势排在第一名。

在挺举比赛中，张湘祥第二次试举的成绩是 176 公斤，这一成绩成功锁定了胜局。他在第三次试举中，冲击世界纪录没有成功。

这样，在北京奥运会举重男子 62 公斤级比赛中，张湘祥以总成绩 319 公斤赢得了金牌。

哥伦比亚选手迭戈·萨拉萨尔以总成绩 305 公斤获得银牌。

印度尼西亚选手特里亚特诺以总成绩 298 公斤获得铜牌。

比赛结束后，张湘祥在举重台边跪地磕头，并深情亲吻杠铃片。

张湘祥终于站上了他期待已久的最高领奖台。颁奖仪式结束后，25 岁的冠军张湘祥再次跪在地上，朝观众席磕了 3 个头，向人们鞠躬挥手，久久不愿离去。

张湘祥曾经的教练谢勇在电视前看到了这一幕,面对此情此景,谢勇说:"今天湘祥表现出很强烈的求胜欲望,拼得好!"他还说:"当我看到他磕头时,我的泪就下来了。我知道他是在感谢所有支持他的人。"

赛后的发布会上,张湘祥激动地说:"这么多年,我一直告诉自己,不能放弃。为了这枚金牌,我等了8年,几乎耗尽我的全部……也许我以后再也不能站在奥运赛场上了,不论是失而复得还是重获新生,这次夺冠的意义对我一生来讲是不可磨灭的,也是我重获新生以后唯一辉煌的一笔。"

早在8年前的悉尼奥运会,年仅17岁的张湘祥和他的队友吴文雄一起参加了56公斤级的举重比赛,虽然实力不俗,但是土耳其选手穆特鲁一举夺冠。吴文雄获得第三名,张湘祥第四名。

但是后来,银牌得主保加利亚选手被查出服用禁药,其银牌被剥夺,张湘祥就这样获得了一枚奥运会的铜牌。接下来的2001年,张湘祥夺得九运会冠军。

然而,2003年,张湘祥备战雅典奥运会时,在一次训练中腰部受伤,医生在为张湘祥的腰部打封闭时,将药水打到了他的腰椎里,这让张湘祥立刻陷入昏迷,并休克了3天。这使张湘祥告别了举重台,一别就是3年。

"这几年里,我消极过,也困惑过,但我想绝不能放弃自己的理想。"张湘祥说。当北京奥运会越来越近的时候,张湘祥的激情又被唤醒了。

在2008年的全国举重冠军赛，这场决定奥运资格的关键战役中，张湘祥从高手云集的62公斤级中脱颖而出，夺得抓举、挺举和总成绩3项金牌。

随后，2008年8月12日晚上，在北京航空航天大学体育馆，也在紧张激烈地举行着北京奥运会举重男子69公斤级决赛。

赛前被誉为中国"双保险"的石智勇和廖辉并不保险。石智勇和廖辉在抓举比赛中都开局不利，第一把试举都没有成功，最终石智勇以152公斤的抓举成绩，只列第四名，他也在抓举比赛结束后退赛。

而廖辉在抓举比赛后两把，都比较顺利地举起杠铃，最终以158公斤的成绩排名第一，进入挺举比赛。

在挺举比赛中，廖辉的挺举第一次试举没有成功。但随后他稳定发挥，相继举起185公斤和190公斤的杠铃，总成绩为348公斤。

此时，在挺举比赛开把便举起187公斤的法国选手蒂安切以总成绩338公斤落后廖辉总成绩10公斤，但他仍有两次挺举机会。

于是，法国选手蒂安切在挺举第二把便增加到197公斤，如果举起这一重量，他将平了廖辉的总成绩，由于他的体重比廖辉轻，他将获得金牌。

但蒂安切在第二把试举中，手抓杠铃并未举起便放弃了试举。在第三把试举中，蒂安切同样是放弃了冲击197公斤的世界纪录。

至此，中国选手廖辉在北京奥运会男子举重69公斤级比赛中以348公斤的总成绩夺得金牌。这是中国代表团在本届奥运会上获得的第十三枚金牌。这也是中国举重队在本届奥运会上获得的第五枚金牌。

法国选手蒂安切获得银牌，亚美尼亚选手马尔季罗相获得铜牌。

之后，刘春红在女子69公斤级举重决赛中连破世界纪录。

8月13日下午，在北京航空航天大学体育馆，举行北京奥运会女子69公斤级举重决赛。

山东姑娘刘春红把京奥举重场演变成了一个人的舞台。刘春红和自己较量，一个人把演出推向最高潮。抓举首把举起120公斤后，世界纪录便轻易地被她打破。

刘春红每次上场，都是闭目、沉思、亮相、起扛，程序一成不变，重量却在节节攀升。

第二把抓举，刘春红举起125公斤后，第三把她又举起了128公斤。新的世界纪录就此定格。

看着刘春红连续创造世界纪录，在场观赛的罗格和夫人连连点头、鼓掌，向眼前这位女力士刘春红致敬。

挺举决战，刘春红还没有出场，斯利文科举起140公斤后，就不敢再举了。她放弃了第三次挺举的机会，满足地接受了亚军。

刘春红一出场，便接连挺起了145公斤、149公斤、158公斤，总成绩为286公斤。刘春红先后打破女子举重

69公斤级抓举、挺举、总成绩世界纪录。

斯利文科稍后挺起了140公斤，总成绩为255公斤，位居第二；达维多娃挺举起了135公斤，总成绩为250公斤，名列第三。

在刘春红连破世界纪录之后，曹磊在女子举重75公斤级决赛中，也在抓举成绩与总成绩上创新了奥运会纪录。

8月15日下午，在北京航空航天大学体育馆，举行北京奥运会女子举重75公斤级决赛。

中国女子举重名将曹磊在抓举中临阵微调，把抓举开把重量原本设定为奥运会纪录125公斤，改为冲击120公斤。实力出众的她，稳稳地将杠铃举过头顶，首把成功。

此后，她接连举起了125公斤、128公斤以128公斤抓举成绩创造新的奥运会纪录，向本届奥运会中国女子举重的最后一枚金牌挺进。

其他参赛力士抓举争夺虽甚为激烈，最好成绩却不足曹磊微调后的开把重量。

哈萨克斯坦选手阿拉·瓦热宁娜第三把才举起了119公斤；白俄罗斯选手伊琳娜·库列沙的最好成绩是118公斤；俄罗斯选手娜杰日达·叶夫斯秋欣娜是117公斤。

挺举较量开始后，曹磊首把便举起了147公斤，这一重量比原定的轻了8公斤。

挺举第二把，曹磊将154公斤的杠铃举过头顶，创造了新的奥运会纪录，原奥运会纪录为 150 公斤。

随后，她试图举起 159 公斤，冲击新的挺举世界纪录。可惜未能成功，总成绩停留在 282 公斤。

哈萨克斯坦选手阿拉·瓦热宁娜以 266 公斤的总成绩名列第二，她的抓举成绩为 119 公斤，挺举成绩为 147 公斤；俄罗斯选手娜杰日达·叶夫斯秋欣娜以 264 公斤的总成绩名列第三，她的抓举成绩为 117 公斤，挺举成绩为 147 公斤。

至此，中国女子举重队以百分之百的夺金成功率圆满收兵。

在曹磊出场之前的 3 位中国女力士分别在各自的级别中折桂。中国女举四将出战北京奥运会，四将均获得了金牌，站到最高领奖台上。

在举重队接连破纪录后，举重队的最后一位冠军选手也创造了该级别新的总成绩世界纪录。

8 月 15 日晚，北京奥运会男子举重 85 公斤级决赛，在北京航空航天大学体育馆举行。

白俄罗斯名将安德烈·雷巴科夫在抓举较量中独占鳌头，他在第一把和第三把分别举起了 180 公斤、185 公斤。

中国选手陆永则稍逊一筹，他首把举起了 175 公斤，第二把举起了 180 公斤，第三把冲击 183 公斤失败。

哈萨克斯坦选手弗拉基米尔·谢多夫抓举第三把举起了 180 公斤，与安德烈·雷巴科夫、陆永分享着挺举冲金的机会。

挺举较量中，弗拉基米尔·谢多夫只挺起了200公斤，提前出局。陆永与安德烈·雷巴科夫则较量了起来。

雷巴科夫率先亮相，他先后挺起了200公斤、204公斤。

陆永原本打算首把挺举210公斤，见此情形，他微降了两公斤，并成功挺起208公斤，然后又将第二把的重量调为210公斤。

雷巴科夫依旧稳扎稳打，成功挺起了209公斤，以394公斤的总成绩创造了新的世界纪录。

此时，陆永加大第二把的重量，直接冲击214公斤，以确保金牌。但是，在第二把试举时，陆永虽然将杠铃举过头顶，但裁判却判为失败。

第三把，陆永再次举起214公斤，这次他稳稳地将杠铃举起，直至显示成功的灯亮起仍不肯放下。

最终，陆永的总成绩为394公斤，平了雷巴科夫之前创造的世界纪录。

小将陆永在北京奥运会男子举重85公斤级比赛中，夺得中国举重队的第八枚金牌。

白俄罗斯名将安德烈·雷巴科夫的总成绩同为394公斤，因体重较陆永重280克而获得亚军。他的抓举成绩为185公斤，挺举成绩为209公斤。他创造了该级别新的总成绩世界纪录。

亚美尼亚选手季格兰·瓦尔班·马尔季罗相以380

公斤的总成绩名列第三。他的抓举成绩为177公斤，挺举成绩为203公斤。

举重队10人出场，8人夺冠，中国举重队在北京奥运会大显神威，圆满收官。

庞伟气手枪夺得金牌

2008年8月9日下午,在北京射击馆,举行北京奥运会男子10米气手枪决赛。

此前,在上午的首金争夺中,中国队的"双保险"杜丽和赵颖慧双双失利,杜丽获得第五名,赵颖慧则居第三十七位。

这大大增加了中国射击队的压力,因此在下午的比赛中,总教练王义夫亲自压阵,对队员们进行现场指导。

在男子10米气手枪比赛中,中国派出了老将谭宗亮和小将庞伟两名选手参加比赛。庞伟预赛的总成绩为586环,在48位选手中排名第一,领先第二名两环。

韩国的秦钟午和朝鲜的金钟秀,两个人在预赛中以584环的成绩并列第二。

此时,气手枪是北京奥运会射击第二个产生金牌的项目。不过,两位中国选手的开局并不好。

在第一组的10枪中,庞伟打出97环的成绩,而谭宗亮则只打出了95环。

随后,庞伟的表现有了起色,先后在后面的几组比赛中打出98环和100环的成绩。接着,最后三组比赛,他又分别打出了96环、97环和98环的好成绩。

决赛中,中国队只有庞伟一个人,他的主要对手是韩国的秦钟午和朝鲜的金钟秀。

王义夫到现场给庞伟助阵，在雅典奥运会上，他曾在该项目上夺得冠军，此后退役当起了国家射击队的总教练。

第一枪，庞伟打出了9.3环，秦钟午和金钟秀则分别打出了9.5环和9.2环。

第二枪，庞伟打出了10.3环，随后又打出了10.5环的好成绩。这时，秦钟午和金钟秀表现也很好，将比分紧紧地咬住。

到了第五枪，金钟秀没有打好，庞伟则继续打出了10.4环的好成绩。

随后，庞伟连续打出了漂亮的得分，分别是：10.3环、10.7环、10.4环和10.7环，在第九枪过后，他领先第二名金钟秀4.2环。

最后一枪，庞伟只要能够打出6.7环以上的成绩，就可以夺冠了。此时，与冠军如此接近，庞伟开始有些激动，最终打出9.3环，以总成绩688.2环夺得了冠军。

中国队22岁的河北小将庞伟夺得该项目的金牌，这也是中国射击队在本届奥运会上的第一块金牌。韩国队的荣国和朝鲜队的金荣洙，分别获得银牌和铜牌。

中国柔道队勇得三金

2008年8月10日,在柔道馆举行北京奥运会女子柔道52斤级决赛。

当天的淘汰赛,卫冕冠军冼东妹先以一本轻松淘汰世界头名选手西班牙的安娜·卡拉斯科萨。随后,她又将欧锦赛冠军、葡萄牙小将特尔玛·蒙泰罗挡在四强之外。

半决赛中,冼东妹仅用了1分多钟,就以漂亮的别肘动作将阿尔及利亚选手苏拉娅摔成后背着地,以一本提前结束比赛。

朝鲜选手安琴爱则是在半决赛中耗时5分钟才以一个效果得分勉强将日本新星中村美里挡在决赛门外,在体力上消耗不小。

决赛开始后,安琴爱进攻非常积极,冼东妹也不甘示弱,双方多次纠缠在一起。

但是,在关键动作的处理上,身为奥运会冠军的冼东妹显然更胜一筹。

她在先得到一个效果分后,利用对方防守漏洞,将对手摔倒再得到一个有效分。

安琴爱尽管希望利用最后的时间发起反击,但无奈冼东妹始终没给她可乘之机。

比赛倒计时归零，全场欢声雷动，冼东妹卫冕成功。巧合的是，和雅典奥运会时一样，冼东妹这一次夺得的也是中国代表团的第五枚金牌。

经历了退役、生女、复出一系列波折之后，33岁的冼东妹终于又一次证明了自己依然是该项目的世界霸主。

广东名将冼东妹再一次登上了北京奥运会女子柔道52公斤级的冠军领奖台，不仅夺取了中国军团第五金，而且再度创造了辉煌，成为中国第一个两夺奥运金牌的柔道高手，更是中国首位"妈妈级"奥运冠军。

几天之后，中国选手杨秀丽也在女子柔道78公斤级决赛中获得金牌。

8月14日晚，在柔道馆举行北京奥运会女子柔道78公斤级决赛。

杨秀丽在今天前四场晋级赛中，以四个一本提前结束战斗，显露出强大的实力。

但杨秀丽的决赛对手是70公斤级超级世界杯赛冠军古巴选手亚伦妮斯，非常有实力。

开场后双方防守均十分严密，杨秀丽表现得更为主动，5分钟内两人各得一个效果分，也同时被警告消极一次。

进入一分决胜负的加时赛，两人打得更为谨慎，生怕盲目出手被对方反击。

3分钟时，亚伦妮斯一个抱摔将杨秀丽摔倒在地，以为得分的她举手庆祝胜利。

但裁判观看了回放录像后，认为杨秀丽的臀和肩部均没有着地，因此没有有效得分点。

剩下的两分钟，比分一直停留在原来的基础上。

依照规定，加时赛后如果双方得分还没有改变，则由主场上3名裁判员举旗决定胜负。

此时，全场立时安静下来，最终斯洛文尼亚主裁和日本副裁均举起了代表杨秀丽的蓝色旗子。

25岁的杨秀丽凭借较多的进攻次数，为中国柔道队摘得了第二枚金牌，也延续了中国女柔在大级别的优势。

该项目的季军被韩国选手郑敬美和法国姑娘斯特凡妮摘得。

中国女子柔道名将杨秀丽在北京奥运会女子柔道78公斤级决赛中击败古巴名将亚伦妮斯·卡斯蒂略获得金牌后，与中国柔道队总教练刘永福向热情的观众展示国旗。

在女子柔道78公斤级决赛结束之后，女子柔道78公斤以上级决赛又拉开了序幕。

8月15日，在柔道馆举行北京奥运会女子柔道78公斤以上级决赛。

参加78公斤以上级别的选手共有21名，他们来自世界各地。

比赛从中午开始，中国队的佟文第一个对手是俄罗斯的捷娅·东古扎什维利，这位老将是雅典奥运会的铜牌得主，在世界杯和超级世界杯上也多次夺冠。

不过，佟文以一个外卷入将其放倒，仅用49秒就以一本胜出。

第二场，佟文遇到了以逸待劳的乌克兰选手马林娜·普罗科菲耶娃，她在2分5秒时就以横四方固将对方摆平，再次一本取胜。

接下来，应战佟文的是韩国的小将金說永，佟文再次使用绝技横四方固，以一本胜出。

佟文A组的决赛对手是古巴的伊达莉斯·奥尔蒂斯。奥尔蒂斯不敢与佟文正面交手，躲闪避战，比赛进行了4分钟后，佟文得到一个"有效"，并以此晋级决赛。

在B组的决赛中，日本选手塚田真希以一个横四方固获得一本，淘汰了斯洛文尼亚的卢齐娅·波拉夫德尔。卢齐娅·波拉夫德尔击败了金說永，伊达莉斯·奥尔蒂斯也击败其对手，双双获得铜牌。

冠军争夺在佟文和塚田真希之间展开。佟文在防住了对方的进攻后开始耐心地与之周旋，塚田真希得到一个"有效"，佟文只得进攻。

此后，佟文得到一个"效果"。最后关头，佟文发动进攻，以一个一本取得胜利，夺得了金牌。

郭文珺气手枪独占鳌头

2008年8月10日,女子10米气手枪决赛在北京射击馆举行。中国选手郭文珺和任洁参加了本届奥运会女子10米气手枪决赛。

上午的资格赛,郭文珺打出390环的成绩,追平了此前陶璐娜所创造的奥运会纪录,以第二名的身份晋级决赛。

早在本届奥运会之前,郭文珺就是在选拔赛中击败了陶璐娜而获得了参加北京奥运会的资格。

资格赛第一名是俄罗斯的帕杰林娜,她以391环的预赛成绩创造了新的奥运会纪录。

预赛中,中国两名选手分别排在第四十和第五十一靶位,在她们之间,有俄罗斯名将帕杰林娜。

中国队的两名选手出手不顺,郭文珺在第一枪打出10环后,却在接下来的射击中连连失手,续打出了8环和9环的成绩,她在第一组比赛中只打出96环。

而任洁在第一组比赛中则表现正常,打出97环的成绩。

第二组开始后,郭文珺找回了感觉,打出了98环的成绩。随后第三组,她又打出99环的好成绩。

此时,帕杰林娜的比赛已经结束,她以391环的预赛成绩打破了陶璐娜在悉尼奥运会上创造的纪录。

郭文珺只要在最后一组10枪的比赛中发挥稳定，打出98环以上的成绩，就有望再次刷新这个纪录。

她的前四枪全部打中10环，但是此后她连续两枪只打出了9环，最后一枪也是9环，没能打破奥运纪录。不过，她仍以预赛第二名的成绩进入决赛。

决赛的第一枪打响了，帕杰林娜和郭文珺都打出了10.0环，排名第三的蒙古选手卓格巴德拉赫·蒙赫珠勒的成绩为9.3环，与前两名的差距拉得很大。

第二枪，郭文珺打出10.5环，帕杰林娜则只打出8.5环，郭文珺的总成绩领先帕杰林娜一环。随后，郭文珺连续打出了两个10.4环，保持住了领先的优势。

在第五枪，帕杰林娜不甘失败，打出10.6环，郭文珺则继续维持住好成绩，打出了10.1环。

第六枪，帕杰林娜将两人的差距缩小到0.9环。第七枪帕杰林娜打出9.8环，而郭文珺没有把握住领先的机会，只打出9.4环。第八枪，郭文珺打出10.7环，而帕杰林娜则只打出了9.7环。第九枪，郭文珺打出了10.8环，领先帕杰林娜2.8环之多。

最后一枪，郭文珺不负众望，打出9.7环，并以492.3环的总成绩夺冠。这个成绩也打破了俄罗斯选手保持了12年的奥运会决赛纪录。

跳水队捍卫"梦之队"荣誉

2008年8月10日,郭晶晶和吴敏霞女子双人3米板跳水的决赛在国家游泳中心"水立方"进行。

郭晶晶与吴敏霞在第二跳之后开始领先,最后以343.5分的成绩站上最高领奖台,5次动作得分是52.80分,57.6分,75.6分,81.9分,75.6分。

比赛一开始,她们俩的第一个动作入水有点不理想,得到52.80分,与俄罗斯、美国并列第一。而在第二个动作上,她们的完美表现赢得了全场观众一片欢呼声,3位裁判同步给出了10分。

接下来3个自选动作,郭晶晶、吴敏霞的得分是:75.6分,81.9分,75.6分,表现十分完美。

在4年前的雅典奥运会上,她们以完美的发挥毫无悬念地夺取了这个项目的金牌。

现在,黄金组合郭晶晶和吴敏霞经过五轮角逐,最终毫无悬念地以总分343.50分的成绩,成功卫冕奥运会女子双人3米板跳水冠军,获得该项目的冠军。

这是中国跳水"梦之队"在北京奥运会上获得的第一枚金牌,也是中国代表团在北京奥运会上夺取的第四块金牌。

俄罗斯选手帕卡琳娜和波兹尼亚科娃以323.61分披

银,美国选手凯尔奇·布赖恩特和阿丽尔·里滕豪斯以总分314.40分挂铜。

8月11日,在国家游泳中心"水立方",进行北京奥运会男子10米双人跳台跳水决赛。

中国"月亮组合"林跃和火亮首次亮相奥运大赛,此次参加北京奥运会男子10米台比赛的强手众多,双人项目上,俄罗斯加尔佩林和多布罗夫科克实力强劲,德国的豪斯丁和克莱因动作难度最大。

林跃和火亮今天的表现再次证明了中国"梦之队"良好的心理调整能力,前两轮规定动作结束后,中国组合便凭借高规格的动作和几乎完美的同步占据领先。

此后的自选动作,德国组合和澳大利亚组合难度均超过中国选手,劲敌俄罗斯组合所选动作则与其完全相同。

比赛中,德国、澳大利亚选手在第四轮均出现失误,俄罗斯选手也在第五轮出现发挥不稳定的情况。只有林跃和火亮以稳定发挥,始终居于八对选手之首,到第五轮结束,中国选手总分已高于第二位的俄罗斯组合将近20分。

最后一轮比赛,包括中国在内的八对选手中有五对都选择了难度为3.8的5255B。

林跃和火亮在最后一跳时,没有出现大的失误,得到88.92分。

德国的豪斯丁和克莱因此轮发挥出色,得到96.90

的高分，但最终也只是超越排名第二的俄罗斯组合，未能超过林跃和火亮。

最终，首次参加奥运会的中国小将林跃和火亮，在"水立方"凭借高规格的动作和稳定的发挥，在男子双人10米跳台折桂，获得北京奥运会男子10米双人跳台跳水金牌。这是当天中国代表团获得的首枚金牌，也是中国代表团在本届奥运会上获得的第七枚金牌。

德国组合豪斯丁和克莱因获银牌，俄罗斯的加尔佩林和多布罗夫科克位列第三。

8月12日下午，在国家游泳中心"水立方"，举行北京奥运会女子10米双人跳台跳水的决赛。

自从奥运会设立跳水双人项目以来，女子双人10米台的这枚金牌便从未在中国选手手中旁落。两员刚满16岁的小将陈若琳和王鑫是首次登上奥运会比赛场。

陈若琳和王鑫延续了"梦之队"高规格的动作特点，两轮规定动作完毕，已经取得领先。而朝鲜组合丘建熙和金云消紧随其后。

自选动作中，中国选手同步性上的优势进一步显现，一连三轮动作，陈若琳和王鑫的配合几乎天衣无缝，每一轮得分都高过其他七对参赛者。

陈若琳和王鑫在最后一跳，难度系数到达3.4的5253B时，凭借高水平的发挥拿到了90.78的全场最高分。最终，她们以363.54分获得金牌，这一分数高出第二名将近30分，这也是中国跳水队在该项目上的三连冠。

这是中国跳水"梦之队"在本届奥运会上获得的第三枚金牌和中国奥运军团获得的第十一块金牌。

澳大利亚组合梅丽莎·吴和布·科尔凭借自选动作的出色发挥后来赶上,赢得银牌。墨西哥选手埃斯皮诺萨和奥尔蒂斯位列第三。

8月13日下午,在国家游泳中心"水立方",北京奥运会男子双人3米跳板跳水开始了激烈的比赛。

比赛中,王峰和秦凯排在俄罗斯的萨乌丁和库纳科夫之后,第五个上场。从规定动作到自选动作,两人在技术和同步性上的发挥自始至终稳定而完美,最终得到了469.08的总分,毫无悬念地摘得本届奥运会产生的第四枚跳水金牌。

俄罗斯组合虽然第五轮出现失误一度跌至第四,但凭借最后一轮的出色发挥最终跃居第二,赢得该项银牌。

铜牌被乌克兰选手克瓦沙和普雷格罗夫摘得,成绩是415.05分。

王峰和秦凯今天在男子双人3米板上凭借堪称完美的发挥,以高出第二名将近50分的巨大优势夺得冠军,为跳水"梦之队"迎来奥运第四金,为中国奥运军团摘取第十六块金牌。

至此,中国跳水队已经包揽了本届奥运会跳水项目的4枚双人金牌。

随后,8月17日,中国选手郭晶晶在北京奥运会女子 3 米板跳水决赛中获得金牌。

在女子 3 米板决赛中，郭晶晶以近乎完美的发挥毫无争议地再度封后。至此，郭晶晶在 3 米板上连获双人、单人两枚金牌，完美谢幕。

半决赛便有上佳表现的郭晶晶头名晋级，晚间最后一个出场。从第一跳开始，这位兼具美感与难度的"跳水皇后"便在众多选手中一路领先。

最终，郭晶晶以 415.35 的高分赢得金牌，表现上佳的帕卡琳娜被落下 16.75 分。

另一名中国选手吴敏霞在前两轮未有出色发挥，虽然最后两个动作得到高分，但仍无法超越帕卡琳娜，最终获得铜牌。

接着，8 月 19 日晚，北京奥运男子 3 米板跳水决赛在国家游泳中心"水立方"举行，中国选手何冲以 572.90 分摘取桂冠，为中国金牌榜再添一金，使中国金牌总数增至 43 枚。而中国选手秦凯获得第三名。

何冲赛后表示，从预赛一直到决赛，自己都正常地发挥了水平，这是成熟的表现。

何冲表示："这就是我一直想要证明的东西吧，不是说拿冠军就能证明自己了。从预赛到半决赛到决赛，自己都很正常地发挥了水平，这就是自己成熟的地方吧。"

获得铜牌的秦凯则表示很满意自己的成绩。他说："奥运会竞争是非常激烈的，赛前也做好了准备。我们今天表现很好，尤其是何冲。我们都是一起在成长。"

谈到半决赛以后作了什么调整，秦凯说："主要不是说非得拿这个金牌，中国队拿这个金牌就可以了。我要在比赛中找到自己的优势在哪里，去明白自己到底要去做什么。"

此后，8月21日，迎来了跳水女子10米台决赛，中国选手陈若琳技压群芳勇夺金牌，加拿大名将海曼斯获得亚军，而另外一位中国选手王鑫摘得铜牌。

在进行到第四跳的时候，陈若琳还以347.40的成绩落后于加拿大选手海曼斯的349.05分。不过在最后关头，海曼斯跳出88分，总分达到437.05，而陈若琳得到100.30分，力压对手夺金。

这是中国跳水队在北京奥运会上夺得的第七枚金牌，同时也是中国体育代表团在本届奥运会上夺得的第四十六枚金牌。

体操队包揽团体金牌

2008年8月12日上午，在国家体育馆的体操比赛馆，举行男子体操团体决赛。中国男子体操开始向金牌冲击。

中国队的第一个项目是自由体操。

第一个出场的选手是陈一冰，在比赛中，他一脚出界，只得到14.575分，随后杨威、邹凯发挥正常。

幸运的是，随后出场的日本队也失误连连，第一轮结束，日本队以45.975分领先中国队0.05分。

之后是鞍马的比赛，日本老将富田洋之发挥稳定，世锦赛鞍马冠军鹿岛丈博克服资格赛"落马"阴影，得到15.575分。

而中国队第一个出场的黄旭则在长时间的等待之后，只得到14.75分，黄旭当场眼睛便湿润了。

但随后出场的杨威以出色的发挥稳定军心。肖钦也不负众望，获得了16.1的高分。

鞍马比赛结束后，中国队以91.95分反超日本队0.4分。

此后的吊环、跳马和双杠都是中国队的强项，除了陈一冰跳马落地时出界得到15.95分外，其余选手的得分都在16分之上。

中国选手们以近乎完美的表现，赢得了主场观众的掌声与喝彩声。

而日本队在接下来的比赛中则表现平平。特别是坂本功贵在跳马中出现严重失误，落地出界后直接踩到台下。三轮战毕，中日总分差距拉大到近7分之多。

而排名第二的美国队，在自由体操项目中也失误不断，落后中国队5分。

最后一项比赛是单杠，这一项目是中国队的"软肋"，然而肖钦、李小鹏、邹凯的发挥却极为出色，这样他们便帮助中国队牢牢锁定了金牌，在这一项目的得分分别是：15.25分、15.725分、15.975分。

至此，中国体操男队凭借不俗实力和出色发挥，以286.125分的总成绩大胜劲敌日本队，夺得了体操项目中分量最重的团体金牌，一雪4年前兵败雅典之耻。

8月13日上午，在北京奥林匹克公园内的国家体育馆，举行北京奥运会女子体操团体决赛。

由程菲、杨伊琳、江钰源、何可欣、李珊珊、邓琳琳组成的中国女队，向金牌发起冲击。

当天冠军之争只在中美之间展开，两队实力接近，使比赛一开始就达到白热化。

中国队首先从跳马比赛开始，跳马本应是中国队的强项，但由于江钰源资格赛中跳马出现失误，中国队临阵换将，改由邓琳琳上场。

中国女队程菲的"程菲跳"落地时摇晃了一下，但还是拿到16分。邓琳琳顺利完成动作，得分为15.25分。

但随后出场的美国队跳马表现更为出色。肖恩·约翰逊拿到了和程菲一样的16分，最后出场的萨克拉莫内也发挥极好，获得了15.675分。

第一轮战罢，美国队拿到了46.875分，领先中国队0.525分。

高低杠也是中国女队的优势项目，杨伊琳和何可欣被誉为中国队的"双保险"，然而此前在国际大赛中从无失误的何可欣在资格赛中意外脱手，也令中国女队蒙上了一层阴影。

率先出场的美国选手梅默尔和肖恩·约翰逊发挥稳定，资格赛中落地失误的柳金当天在杠上表现完美，得到了16.9的高分。

轮到中国小将出场时，现场的观众开始用山呼海啸般的加油声给她们鼓劲。

江钰源第一个出场，得到15.975分；随后杨伊琳以流畅漂亮的动作和稳稳地落地，获得16.8的高分。压轴的何可欣则以16.85的高分为中国队完成了反超，使中国队以95.975的总分领先美国队1.12分。

程菲在最容易失误的平衡木项目上率先出场，令人遗憾的是一向稳定的她掉下了器械，只得到15.15分。而小将邓琳琳也两度险些出现失误。

此时，世界难度第一、资格赛中名列平衡木单项第一的李珊珊，以一套高难度的动作赢得16.050分。

以发挥稳定著称的美国队第一个出场的萨克拉莫内，刚跳上平衡木就没站稳，直接落地，只得到 15.1 分。柳金也一度险些失误，但还是得到 15.975 分。而表现完美的肖恩·约翰逊得到了 16.175 的高分。

这时，中国队依然领先美国，然而分差缩小到 1 分。最后一项自由体操的比赛，将决定金牌的归属。

自由体操首先出场的萨克拉莫内再次出现严重失误，比赛中直接坐倒在地，结束动作还单脚出界，只得到 14.125 的低分。随后，名将柳金得到 15.20 分，肖恩·约翰逊 15.10 分，此时美国队的颓势已成定局。

中国队邓琳琳出场，她发挥得比较出色，得到 15.15 分；江钰源在新疆风情《掀起你的盖头来》的音乐中完成了自由体操，得到 15.20 分；程菲则在融入京剧元素《东方红》中完美地完成了动作，得到 15.45 分……中国小将的优异表现再一次点燃全场的热情。

继中国男队夺得男团冠军之后，中国女子体操队以 188.900 的总分，获得了中国女队历史上第一块奥运团体金牌。美国队以 186.525 分获得银牌。

仲满佩剑夺得冠军

2008年8月12日晚上，在北京国际会议中心击剑馆，北京奥运会男子佩剑个人赛决赛也在激烈地进行中。

中国选手仲满在半决赛中，战胜了法国选手皮耶的挑战后，仲满面对的决赛对手是另一位法国佩剑高手尼古拉·洛佩。

虽然洛佩的排名远低于仲满，但是他在半决赛中淘汰了罗马尼亚名将科瓦柳，实力不容小觑。

而且，击剑比赛开始之后，只有临场的发挥和稳定的心理才是最终制胜的保证。

第一局比赛，洛佩先声夺人拿下了第一剑，但是仲满很快通过还击扳回了一分，场上战成一平。之后的击剑，虽然洛佩的进攻相当犀利，但仲满一直保持着惊人的冷静，甚至在退守的时候还能捕捉到制胜的良机，两人的比分也一路上升至3平。此后的两剑，双方你来我往，在失去了一次适时挑战鹰眼的良机后，仲满以4比6暂时落后。

令人欣慰的是，仲满的心态仍旧保持得相当好，并没有受到之前的一系列摇摆分的影响，将比分扳成6平。此后的两剑，由于仲满一次刺空、一次被对手击中，洛佩以8比6领先结束了本局比赛。

第二局比赛中，仲满趁开赛后对方立足未稳，拿下一剑，并在接下来的几剑中再接再厉，顽强地将比分扳成 9 平。

之后，仲满无论是正面进攻，还是退守反击都有声有色，各方面的技术都发挥得出神入化，一路将比分优势扩大至 14 比 9。

最后关键性的一剑，仲满没有丝毫的手软，最终以 15 比 9 拿下了全场比赛和这块中国击剑久违的金牌。

结果中国选手仲满以 15 比 9 战胜对手获得冠军，这是中国男子击剑在奥运会上第一次获得冠军。

时隔 24 年，24 岁的江苏南通小将仲满继 1984 年栾菊杰之后，成为又一个创造击剑历史的中国剑客。

陈颖女子运动手枪夺金

2008年8月13日下午,在北京射击馆,举行北京奥运会女子25米运动手枪决赛。

早在上午开始的女子运动手枪资格赛,分为慢射和速射两部分。慢射比赛于9时开始,共分6组,每组5枪,根据击中的环数取整数部分相加,算出资格赛成绩。

前两组,首次参加奥运会的费逢吉手感不佳,只打出95环,排名靠后。陈颖打出了96环,也算一般。

费逢吉在随后两组的10枪比赛中打出了99环,随后她又打出两组分别为98环的成绩,总成绩为292环,并列排在第二位。

随后,陈颖两组分别打出95环,第五和第六组分别打出100环的好成绩,以291环的成绩并列排在第七位。

中午,速射比赛开始后,分成六组进行,陈颖每10枪的成绩都是98环,资格赛总成绩为585环,排名第三晋级决赛。

中国选手费逢吉总成绩达到582环,以第七名晋级决赛。

15时,决赛开始,参加比赛的前8名选手进行每人四组,每组5发的速射射击。

第一组,陈颖打出了10.2、10.3、10.8、10.7、

10.5 的出色成绩，该组成绩为 52.5 环，总成绩升到第二位。费逢吉也打出了 52.4 的好成绩，排名第四。

第二组，陈颖枪枪在 10.4 环以上，这组成绩为 53.1 环，拉近了与第一名的差距。费逢吉则打出了 51.3 环，并列排在第三位。

第三组，陈颖第一枪就将总成绩追上排名第一的蒙古选手奥特里亚德·贡德格玛。此后贡德格玛的枪械出了问题，举手示意。其他选手打完后她补射 4 枪，但有两枪 9 环多，陈颖领先 1.9 环，排名第一。

最后一组将决定冠军归属，陈颖第一枪就打出了 10.5 环，第二枪 10 环，第三枪 9.2 环，第四枪 10.3 环，第五枪也是 10.3 环。

最终，陈颖以总成绩 793.4 环夺得了冠军，为中国奥运军团夺得第十五枚金牌。同时，这个成绩也打破了奥运会决赛纪录。

蒙古选手贡德格玛获得银牌，德国选手蒙和巴雅尔获得一枚铜牌。中国选手费逢吉名列第四。

体操队连连称雄

2008年8月14日,在北京奥林匹克公园内的国家体育馆,举行北京奥运会男子体操全能决赛。

当天的比赛中,杨威第一项自由操就单脚出界,只得到15.25分,下场时杨威神色有些凝重。

杨威的劲敌、日本老将富田洋之近来状态下滑,资格赛仅名列日本队内第三,但日本队还是让他顶替坂本功贵出战全能决赛,然而他也只得到15.10分。反倒是日本队的小将内村航平表现出色,得到15.825的高分。

随后鞍马比赛,杨威发挥出色,得到了15.275分。内村航平竟然两次"落马",只得到13.275分。富田洋之则表现极佳,得到15.425分。两轮战罢,杨威和富田洋之同为30.525分,并列第一组第一名。

接下来,进行吊环项目的比赛,当杨威以一套流畅利落的动作赢得全场欢呼时,他也征服了裁判,得到了16.625的高分。

富田洋之则在落地时出现重大失误,整个人横着摔倒在地,全场一片惊呼,富田洋之离场时面露痛苦之色,似乎左肩受伤,最终他只得到13.85分,无奈之下退出比赛。

此后的比赛基本没有悬念,杨威牢牢占据首位。跳马比赛中他发挥稳健，得到 16.55 分；双杠他也得到了 16.100 的高分。在下场时，一向沉稳的杨威再也抑制不住心中的激动之情，用力挥舞着拳头。

最后一项单杠是杨威的弱项，4 年前的雅典奥运会上，杨威就是在这一项目上出现失误。不过今天杨威在全场观众的助威声中，翻腾、旋转、落地，顺利完成整套动作。最终，杨威以 94.575 的总分为中国体操队再添一金，夺得自己首枚奥运会全能金牌，实现全能"大满贯"。日本选手内村航平和法国选手卡拉诺布分列第二、三位。

此后，8 月 17 日晚，在北京奥林匹克公园内的国家体育馆，举行北京奥运会男子自由体操决赛，中国队也取得了优异的成绩。

在此场比赛中，罗马尼亚名将德勒古列斯库摔倒了，仅得到 14.85 分，退出了奖牌争夺。而巴西名将伊波利托落地不稳直接坐倒在地，也只得到 15.200 分……

这一晚的北京奥运男子自由体操决赛意外不断，赛前被视为夺冠最大热门的两位名将意外"落马"，成就了中国小将邹凯。

几天前刚刚夺得体操男子团体冠军的中国小将邹凯排名第六出场，资格赛中他得到 15.700 分，在行家眼中，这个项目上他没有什么优势可言。

然而在主场观众的加油助威声中，邹凯丝毫未受此前出场选手失误的影响，发挥相当出色，得到 16.050 的全场最高分。最后出场的西班牙选手德费尔以 15.775 分获得银牌，俄罗斯选手安东·戈洛楚茨科夫名列第三。

在自由体操比赛之后，中国队下一个夺金热点则是男子体操鞍马决赛。

8月17日晚，在北京奥林匹克公园内的国家体育馆，举行北京奥运会体操单项决赛。

比赛中，肖钦第四个出场，充分发挥了自己动作幅度大、支撑点高、韵律好的优点，整套动作如行云流水，非常漂亮，得到 15.875 的高分，为中国体操队收获了这枚金牌。

此前的资格赛和团体决赛中，肖钦在求稳减了难度的前提下，依然以超过 0.5 的巨大分差遥遥领先其他选手，这也足以证明肖钦在这一项目上的实力。

在北京奥运男子体操鞍马决赛上，肖钦的个人荣誉又增加了一项：奥运会鞍马冠军。

8月18日，中国体操选手陈一冰在北京奥运会吊环决赛中表现出色，夺得金牌，同是中国选手的杨威获得该项目的银牌。

吊环是中国体操男队的传统优势项目之一。在此前的男团决赛中，陈一冰、杨威和黄旭都获得 16 分以上的高分，在所有参加这个项目的选手中排名前四位。

当天杨威第二个出场，"全能王"在昨天的鞍马比赛中与奖牌擦肩而过，为他原本算得上圆满的北京奥运征程留下了一点遗憾。而今天，他没有让遗憾继续，顺利完成全套动作，得到 16.425 的高分，获得银牌。

24 岁的陈一冰是新一代的"吊环王"，他连续在 2006 年和 2007 年的世锦赛上夺得吊环金牌。本届奥运会，陈一冰在资格赛的吊环项目获得 16.525 的全场最高分。

当天的比赛他在第七位出场，环上动作无可挑剔，下法也稳如泰山，全场掌声雷动。一落地，陈一冰就露出了笑容。他取得了 16.600 分。陈一冰获得了冠军。

同一天，中国选手何可欣在北京奥运会女子高低杠决赛中表现出色，再一次为中国队夺得金牌。

在女子体操的高低杠项目上，这是继陆莉获得汉城奥运会金牌后，时隔 12 年，中国重新站在最高领奖台上。

在此后的夺标热门中，何可欣和柳金相继第一、第二个出场，何可欣在团体赛中的意外失利，没有影响到她的发挥，第一个上场的她动作从容自信，落地很稳，获得了 16.725 分。

女子高低杠项目，一直是中国体操的优势项目，何可欣与杨伊琳这两个拥有世界最高难度的高低杠"双娇"，被认为是此次奥运会高低杠的"双保险"。

面对前面出场的柳金和队友的高分，杨伊琳冷静完美地完成了设定好的难度，场上观众和场下的队友、教练都为她这套动作激动得叫好。最终，杨伊琳获得了铜牌。

而美国选手柳金以微弱的比分输给了中国选手何可欣，得到银牌。

接下来，在8月19日傍晚的北京奥运会男子双杠决赛中，中国选手李小鹏以完美的发挥得到16.45高分，毫无悬念地夺得金牌，这也是中国代表团本届奥运会的第四十金、中国体操队的第八金，同时也是他个人的第十六个世界冠军。

韩国选手刘源哲以16.25分获得银牌，乌兹别克斯坦选手安东·福金获得铜牌，成绩为16.2分。

同一天，中国选手邹凯以16.2分，为中国队夺得北京奥运会体操男子单杠金牌。

中国小将邹凯以奇迹般的表现，赢得北京奥运单杠金牌，也为中国体操打破了长达24年的单杠"金牌荒"。这也是他个人北京奥运的第三枚金牌。

美国选手乔纳森·霍顿夺得银牌，德国的汉布岑也终于收获了北京奥运的第一块奖牌，即单杠铜牌。

在男子体操6个单项之中，单杠一直是中国队的传统弱项。年仅20岁的邹凯以资格赛第五的成绩晋级单杠决赛，赛前并不被看好。

第三个出场的邹凯在主场观众的一声声惊呼中，完成一个个高难度的动作，最终他得到16.2的高分，顺利夺金。

北京奥运体操比赛至此全面结束，中国体操队以9枚金牌的成绩完美收兵。

杜丽获女子步枪第一名

2008年8月14日,北京奥运会女子50米步枪三种姿势决赛,在北京射击馆举行。继争夺首金失败后,中国射击名将杜丽在女子50米步枪3×20的比赛中再次出战。

女子步枪三姿的资格赛以卧射、立射和跪射分别打20枪,取资格赛前八名晋级决赛。

杜丽的卧射成绩不理想,仅为196环。此后在立射中她又打出194环。在最后一项的跪射比赛中,她打出199环的全场最高成绩,资格赛成绩达到了589环,平了奥运会纪录。资格赛排名第二的选手仅落后杜丽一环。

中国另外一名选手武柳希在卧射中打出199环,但此后的立射和跪射则各打出192环和194环,资格赛以585环名列第七,从而晋级决赛。

下午,该项目进行决赛,资格赛成绩带入决赛,选手们将立射10枪定胜负。

第一枪,杜丽打出了8.7环的低分,排名滑落到第三。杜丽看到自己的成绩后痛苦地靠在枪上。

第二枪,杜丽打出10.3环,重回排名第二的位置。

第三枪,杜丽打出10.4环,与哈萨克斯坦的多夫贡并列第一位。

第四枪，杜丽打出 9.8 环。同时，埃蒙斯则发挥出色，总成绩追到距离杜丽只有 0.1 环。

此后几名选手成绩交替上升，杜丽第六枪打出了 10.8 环，她随后又打出 10 环和 10.1 环，保住领先优势。最后一个开枪的埃蒙斯第八枪打出了 9.5 环，杜丽的领先优势扩大到 1.1 环。

第九枪，杜丽打出了几乎完美的 10.8 环，而埃蒙斯却只打出了 9.6 环。

杜丽以领先 1.6 环的优势，进入最后一枪的决战。杜丽顶住了压力，打出了 10.5 环。

最终，杜丽以 690.3 环的总成绩打破了奥运会纪录，为中国代表团在本届奥运会上赢得第十九枚金牌。

捷克选手卡特日娜·埃蒙斯以 687.7 环赢得银牌。铜牌得主是古巴选手埃莉斯·克鲁斯，总分是 687.6 环。

赛后，中国选手杜丽流下了眼泪，并向在场的观众挥手致意。

张娟娟射箭夺关斩将

2008年8月14日傍晚，在阴雨中进行北京奥运会射箭决赛。

当天上午，张娟娟在八分之一淘汰赛中，击败了韩国选手朱贤贞，闯入四强。

半决赛中，她又以出色的发挥，以115环比109环终结了世界排名第二的另一名韩国选手尹玉姬的冠军比赛。张娟娟则以115环的成绩平了奥运会纪录。

当天傍晚的决赛，与张娟娟对阵的是世界排名第一的韩国名将朴成贤。

在第一箭射出10环吹响进攻号之后，张娟娟第二箭极失水准，仅射7环。即使接下来有稳定发挥，但她在6箭之后，仍然落后对手两环。

此后，张娟娟在第七箭顶住压力射出10环，朴成贤射出9环，而第八箭成绩分别是9环和8环，双方打了个平手。

第九箭，张娟娟以10环的成绩将比分反超，随后她一直保持领先优势，最后的总成绩是110环。

中国女箭手张娟娟从韩国对手的"围剿"中杀出一条血路，接连射落朱贤贞、尹玉姬和朴成贤3名韩国选手，最终问鼎个人赛金牌。

值得一提的是，在雅典奥运会的女子团体射箭决赛中，中国姑娘们也是以1环之差错失金牌，而最后射击那一个10环的"终结者"，正是今天的银牌得主朴成贤。

张娟娟这一战绩也终结了韩国队连续六届奥运会垄断团体和个人金牌的"神话"。

在总结大会上，张娟娟代表运动员发言。她表示，金牌来之不易，要感谢身边所有支持她的人。

在代表全体运动员发言时，这位新科冠军认为"这枚金牌的突破，是中国全体射箭人共同努力的结果"。谈到自己的表现时，她说："我从来不认为我比别人差，带着一颗自信的心，努力做到最好。"

除了自信外，张娟娟认为："专心致志，不去想射箭技术环节之外的事情，使我最终成功突破韩国队24年的封锁。"

据射击射箭运动管理中心主任高志丹透露，张娟娟在比赛中所使用的弓，已经被送至瑞士洛桑的奥委会博物馆收藏。

中国羽毛球荣誉保卫战

2008年8月16日,在北京工业大学体育馆,举行北京奥运羽毛球女子单打冠亚军决赛。

这是北京奥运会羽毛球赛决出的第二枚金牌,在两名中国队员之间的对决,全场比赛充满了观众为两方选手的加油声。

一开局,张宁一改前几场的紧张情绪,轻松上阵,显出拼死一搏的势头。相反,谢杏芳有一些紧张。张宁一直以1分之势领先,中场以后逐渐将比分拉开,最终张宁以21比12轻松取得第一局的胜利。

第二局,谢杏芳调整进攻节奏,年龄的优势逐渐体现出来,连续的恶战和紧张耗费了张宁的体能。最后,谢杏芳以21比10扳回一局。

场上的顺逆风还是给球赛带来一定影响,张宁第一局在的场边逆风,这是球员喜欢的一边,首局张宁逆风胜;二局谢杏芳转到逆风场,也取得了胜利。

三局前半场,张宁逆风之下11比6换场,此时的她,已流露出誓在必夺的气势,而谢杏芳则紧握拳头,口中自语让自己要顶住。

体能的问题再次干扰了张宁取胜的脚步,几次回球失误,谢杏芳在逐渐缩小比分的差距。

现在就剩下最后关键的 5 个球，这是两人体能与意志较量的时刻，张宁的膝盖似乎出现问题，走路也出现瘸拐，可此时谢杏芳却开始保守。

当谢杏芳最后一球回球下网，张宁张开双臂跳起，之后她双膝跪地，把脸长埋在手上没有起身。

最终，张宁以 21 比 18 夺得冠军。张宁艰难地战胜队友谢杏芳，成为奥运历史上首位卫冕奥运会羽毛球女单金牌的运动员。但是，5 场比赛，张宁有 3 场都是 2 比 1 取胜，如张宁自己所说："每一场比赛我都在顶。"

离场前，33 岁的张宁向四周的观众挥手鞠躬致意，同时也是向这个她曾经哭过、笑过、创造过羽毛球奇迹的赛场挥手告别。

其实，此时北京工业大学体育馆的羽毛球赛已进入倒数第二天，此前 15 日晚已经决出女双金牌。在北京奥运会羽毛球女子双打的决赛里，中国的年轻组合于洋和杜婧以 2 比 0 击败韩国的李敬元和李孝贞，为中国代表团获得了第 26 枚金牌。

此后，8 月 17 日晚，中国选手林丹在北京奥运会羽毛球男单决赛中以 2 比 0 战胜马来西亚选手李宗伟，夺得冠军。

射击赛中国成最大赢家

2008年8月17日，在北京射击馆举行男子50米步枪3种姿势的决赛。

这天，北京射击馆迎来奥运会射击比赛的最后一天，男子50米步枪3种姿势的决赛，将是美国名将马修·埃蒙斯对中国名将贾占波的一次复仇大战。

在雅典奥运会上，埃蒙斯在最后一枪打错靶，将冠军拱手让给了此前还落后他3环的贾占波。

不过在本届奥运会上，贾占波在男子步枪卧射中名落孙山而止步于资格赛，仅列第二十四位，无缘决赛。而中国选手小将邱健的资格赛成绩为1173环，仅落后于第一名的斯洛文尼亚选手德贝维茨4环而进入决赛。

邱健第二枪打出了一个8.8环，此后他打出10.5环和10.6环的好成绩，排名第二，位列埃蒙斯之后。

而德贝维茨是世界纪录保持者，也是悉尼奥运会冠军，不过他在决赛的第一枪打出了7.7环的糟糕成绩，第三枪又打出一个7.9环。

第五枪和第六枪，邱健打出9.3环和9.4环的成绩，被乌克兰选手苏霍鲁科夫和德贝维茨反超。但邱健从容面对，表现稳定，最终又将比分追上。

随后，邱健名列第三位，落后于第二名0.1环，落后第一名的埃蒙斯 3.4 环。

不过最后一枪，邱健打出 10 环，乌克兰选手为 9.8 环，结果被邱健反超 0.1 环。

此时，在美国选手埃蒙斯前 9 枪取得巨大领先的情况下，奇迹再次上演，最后一枪仅打出 4.4 环的成绩，将冠军拱手送给了中国选手邱健，中国选手邱健以 1272.5 环意外"捡"到一枚金牌，这也是中国射击队的第五块金牌，同时也是中国代表团在本届奥运会上的第二十八枚金牌。

乌克兰选手苏霍鲁科夫以 1272.4 环获得银牌，世界纪录保持者斯洛文尼亚选手德贝韦茨获得 1 枚铜牌，成绩为 1271.7 环。埃蒙斯名列第四。

至此，北京奥运会射击比赛全部结束，在全部的 15 个项目中，中国队夺取 5 枚金牌、2 枚银牌和 1 枚铜牌，为各队之首，成为最大赢家。

赛艇女子四人双桨夺冠

2008年8月17日下午，在顺义奥林匹克水上公园，打响北京奥运会赛艇女子四人双桨决赛。

中国队参加这个项目金牌争夺的选手是唐宾、金紫薇、奚爱华、张杨杨。

同时参加决赛的还有世锦赛和当年世界杯分站赛冠军英国队的弗农、弗勒德、霍顿、格兰杰4位选手，她们的实力非常强大。

而世锦赛亚军德国队的奥佩尔特、卢策、博龙、席勒，也是中国队夺金的最大障碍。

比赛即将开始，第一赛道的是澳大利亚组合佐薇·厄普希尔、安伯·布拉德利、克丽·霍尔、埃米·艾夫斯，第二赛道的是德国组合布丽塔·奥佩尔特、曼努埃拉·卢策、卡特琳·博龙、斯特凡妮·席勒，第三赛道的是英国队，第四赛道的是中国队，第五赛道的是美国队，最后一个赛道的是乌克兰队。

比赛的枪声打响了，中国队起航不错，不过，第三赛道的英国队还是占据着领先的优势，英国队在500米处的成绩是1分29秒98，而中国队一直紧追不舍，此时排名第二。

在1000米处，中国队仅仅落后英国队1秒左右，不过英国队经验丰富，她们一直处于领先，1500米处，英国队的成绩是4分42秒13。

最后一个500米，中国队依旧落后半个艇的距离，但是在最后的250米她们反超英国队。最终，中国队以6分16秒06获得第一。

这是中国参加奥运会以来在赛艇项目上获得的第一枚金牌，也是本届奥运会中国军团获得的第二十九枚金牌。

英国组合以6分17秒37获得银牌，德国组合以6分19秒56获得铜牌。

王娇成为摔跤队伍的新星

2008年8月17日，北京奥运会女子自由式摔跤72公斤级决赛在体育馆举行。

年仅20岁的王娇是中国女子摔跤队的一颗新星，此前，王娇在2005年夺得亚锦赛冠军；紧接着她又在十运会上摘得金牌。之后，她在2007年世青赛获得冠军。当时在中国国内，王娇是这个级别实力最强的选手。

王娇在队内选拔赛中多次战胜雅典奥运会冠军王旭，最终取得奥运会参赛资格。

此时，在上午的淘汰赛中，王娇的表现相当出彩，连胜两场后进入半决赛，与日本名将滨口京子争夺决赛权。

王娇延续着前两场的良好状态，以5比2拿下首局后，在第二局中突然爆发，仅用45秒就使滨口京子双肩着地，进而挺进决赛。

决赛中，王娇的对手是两届世锦赛冠军得主，来自保加利亚的丝坦卡·兹拉特娃是该项目上的"绝对王者"，近年来两次夺得世锦赛冠军和3次欧锦赛冠军。比赛的裁判来自土耳其。

当一身红色衣服的王娇出场时，便赢得了现场观众的一片喝彩！

第一局比赛刚一开始，王娇与丝坦卡·兹拉特娃就展开激战，保加利亚名将在开场30秒左右利用转移先得1分。

紧接着，丝坦卡·兹拉特娃几乎将王娇双肩着地，好在王娇成功摆脱！随后王娇展开反击，她将丝坦卡·兹拉特娃按倒在地将比分反超！

在第一局最后时刻，王娇长时间地将丝坦卡·兹拉特娃按在地板上，保加利亚名将先是单肩着地，不过在王娇的压力下她无奈双肩同时着地。

就这样，王娇在首局就取得了8比3的压倒性优势。最终，王娇毫无争议地击败保加利亚名将丝坦卡·兹拉特娃，夺取女子自由式摔跤72公斤级金牌。这也是中国队本届奥运会第三十枚金牌。这是中国队继雅典奥运会后再次在该项目中夺冠。

女子摔跤在雅典奥运会上才被列为正式比赛项目，中国队此次派出四名选手参加了全部4个级别的比赛。除王娇外，安徽小将许莉在55公斤级中夺银；但参加48公斤级别的黎笑媚和63公斤级别的许海燕均未进入四强。

乒乓球队再获殊荣

2008年8月17日19时30分，在北京大学体育馆，展开北京奥运会乒乓球女团决赛。

毫不掩饰自己对乒乓球喜好的中国国家主席胡锦涛携夫人来到北京大学体育馆，为中国女乒助阵。同行的还有国际奥委会主席罗格夫妇和国际乒联主席沙拉拉。

拥有张怡宁、郭跃、王楠超强阵容的中国女乒，如今已经到了找个对手都难的地步。

特别是朝鲜没能获得团体参赛资格，韩国队在半决赛就被新加坡队淘汰。已取代中国香港队成为中国队的头号竞争对手的新加坡队不俗的发挥，使当晚的决赛充满了悬念。

老将王楠打头炮，对垒曾在当年亚洲杯爆冷淘汰张怡宁的冯天薇。有点慢热的她被对手抓住机会，9比11丢掉首局，随后王楠顶住压力，抓住对方台内球，用两面节奏变化来牵制冯天薇的进攻，最终连扳3局实现逆转。

第二盘张怡宁对阵李佳薇，虽然开局被对方压正手的战术取得领先，但她随后采用调右压左的打法牢牢控制住局面，3比1实现翻盘，中国队以2比0的总分领先。

双打比赛，张怡宁、郭跃组合随后直落3局，干脆利落地击败李佳薇、王越古。

技压群芳的中国女乒在北京奥运会上5场比赛全部以3比0战胜对手，夺取了第一枚奥运会团体赛金牌。这也是中国代表团在本届奥运会上夺取的第三十三枚金牌，从而在金牌数上超越了雅典奥运会。

王楠凭着这一枚金牌，追平了伏明霞和邓亚萍保持的中国运动员奥运4金的最高纪录。

亚军新加坡女乒也实现了该国48年奥运奖牌"零"的突破。

在中国女乒夺取了第一枚奥运会团体赛金牌后，中国男乒也在第二天开始了金牌的争夺战。

2008年8月18日，在北京大学体育馆，北京奥运会乒乓球男团决赛在中国队与德国队之间展开。

在第一场的比赛中，代表中国队和德国队出场的分别是王皓和迪米特里·奥恰洛夫，王皓打得霸气十足，以3比0轻松战胜对手。

第二场比赛，马琳和波尔分别代表中国和德国出场。尽管波尔顽强抵抗，但仍以1比3输给马琳。

根据赛程，双方的第三场比赛派出双打，中国代表为王励勤与王皓，德国代表为克里斯蒂安·许斯与蒂莫·波尔，最终中国队以3比1赢得了比赛。

最终，中国队凭借着王皓、马琳和王励勤的出色表现，以3比0击败德国队，夺得北京奥运乒乓球男子团体金牌。在获得乒乓球团体金牌的那一刻，主教练刘国梁、队员马琳、王皓泪洒赛场。

几天之后，北京奥运会乒乓球女子单打决赛，又在两位中国队员之间展开了。

8月22日晚，在北京大学体育馆，举行北京奥运会乒乓球女子单打决赛。

比赛开始后，经验更为老到的王楠4比0领先，11比8先下一局。

第二局开始后，王楠又打出4比0，落后的张怡宁耐心追分，两人在这一局多次战平。张怡宁最终以13比11扳回一局。

第三局，王楠在关键球处理上失分，张怡宁以11比8获胜。接下来的一局，张怡宁以11比8再次获胜。

第五局比赛，张怡宁以11比3取得胜利。

中国乒乓球名将张怡宁以4比1战胜自己的队友王楠，为中国代表团赢得本届奥运会第47枚金牌。

张怡宁成功卫冕后，如前辈邓亚萍一样，也包揽了两届奥运会自己参加的所有项目金牌。她也以4枚奥运会金牌，追平了邓亚萍、伏明霞、王楠、郭晶晶和李小鹏，成为获得奥运会冠军最多的中国选手之一。

这场比赛前，王楠已经获得了4枚奥运金牌，当天如果夺冠将成为中国获得奥运会金牌最多的选手，但她没能改写历史。

在乒乓球女子单打决赛结束后，第二天，乒乓球男子单打决赛也拉开了战幕。这一场决战，也在中国队两位选手之间展开争夺战。

8月23日晚，在北京大学体育馆，举行北京奥运会乒乓球男子单打决赛。

决赛开始，马琳迎战王皓。在双方首局比赛中，马琳以10比6取得局点，但王皓连追3球，将比分扳成9比10。马琳顶住了压力，把握住了自己发球的机会，王皓回球失败，马琳以11比9拿下首局。

第二局比赛，马琳打得十分开放，一直保持领先4个球的优势，并以10比4取得局点，但王皓顽强地将比分追到9比10。马琳再次顶住了压力，得到关键的一分，最终以11比9赢得了第二局。

第三局，王皓调整心态，减少了失误，以11比6战胜马琳，扳回1局。

第四局，王皓先以7比5领先，但经验丰富的马琳利用自己的经验和王皓的失误连赢3球，将比分反超。此后，马琳最终以11比7结束这一局。

第五局比赛，马琳的攻势还是那么凌厉，而王皓却失误连连。最终，马琳以11比9击败王皓，大比分以4比1战胜队友王皓，夺得北京奥运会乒乓球男单冠军，为中国奥运军团赢得第四十九枚金牌。

何雯娜陆春龙蹦床夺金

2008年8月18日晚，在国家体育馆，举行北京奥运会女子蹦床比赛。

关于蹦床，国人知道的只有雅典奥运铜牌得主黄珊汕。然而在资格赛中，黄珊汕意外摔倒在蹦床上，令人遗憾地无缘决赛。

于是，中国队冲击金牌的任务便落在19岁的小将何雯娜身上，她以排名第一挺进决赛。名不见经传的何雯娜的最好成绩只是世锦赛第四名。

比赛中，左膝绑着绷带的何雯娜最后一个出场，尽管难度分比俄罗斯名将卡拉瓦耶娃低了0.2分，但她还是凭借漂亮的空中姿态、流畅的动作赢得全场掌声。最终，她以37.8的高分为中国蹦床队赢得首枚奥运会金牌。

也许是对自己的发挥很满意，一向温顺羞怯的何雯娜在结束亮相时笑得一脸阳光灿烂。金牌在手的何雯娜兴奋得挥舞着国旗跃上蹦床，"蹦"个不停。

加拿大选手科伯恩和乌兹别克斯坦选手基尔科分别以37分和36.9分获得银牌和铜牌。

在北京奥运会女子蹦床比赛结束的第二天，男子蹦床的金牌争夺战又开始了。

8月19日晚，北京奥运会男子蹦床决赛在国家体育馆举行。

当晚的男子蹦床决赛，是本届奥运会体操大项的最后一场比赛。参赛的两名中国选手被寄予夺冠的厚望。

安排出场的顺序是由低成绩到高成绩进行的，中国两名运动员根据预赛排名，在倒数最后两位出场。

19岁的陆春龙最后出场，难度为16.2，一连串高、飘、稳的动作一气呵成。毫无争议地赢得了全场的最高分41分。场馆内的观众高呼不已，鼓掌不息。

中国选手陆春龙夺得北京奥运会男子蹦床金牌，为中国夺得本届奥运会第四十二枚金牌。

而另外一位中国选手，19岁的董栋，获得了第三名。他的动作也完成得不错，得到了40.6分，仅比亚军低了0.1分。

加拿大选手贾森·伯内特获得此项目银牌。

在获得胜利后，中国选手陆春龙和董栋两位中国选手举起五星红旗庆祝胜利。

殷剑问鼎女子帆板

2008年8月20日,北京奥运会帆板比赛在青岛分赛场举行。

在前一天的女子帆板第十轮比赛后,殷剑对记者说:"等比赛全部结束了再祝贺我吧。"在4年前的雅典奥运会,殷剑曾获得这个项目的银牌。

凭借这一轮比赛的精彩表现,殷剑重新回到积分榜榜首的位置,离金牌只有一步之遥。

在本届奥帆赛上,前三轮比赛,她连获3个单轮第一。在前七轮比赛中,殷剑一直高居积分榜榜首。

但在随后的第八轮和第九轮比赛中,她的成绩有些走低,在积分榜上跌到第二位。

在第十轮比赛中,殷剑则发挥比较好,再次排到积分榜的第一位。

这天是女子帆板的最后一轮,也就是最后的决赛。比赛首次采用"障碍滑航线",即在赛道上添加障碍,参赛船要不断绕过障碍前进,这增加了比赛的不确定性。

比赛开始后,此前在积分榜上位居第二的意大利名将达历山德拉·森西尼一马当先,殷剑和英国选手布里妮·肖紧随其后。

但在绕第一个航标时,殷剑出现失误,跌到了第六位。落后的殷剑奋力追赶，终于在第四个航标处追到第三，并把这一排名保持到终点。凭借这一成绩，殷剑用时34分钟，第三个冲过终点。

在奥帆赛女子帆板RS∶X级的最后一轮比赛中，中国选手殷剑依靠此前10轮领先第二名5分的优势，她的总积分仍名列第一。

至此，中国选手殷剑获得冠军，为中国代表团夺得奥运会历史上第一枚帆船项目的金牌。

这也是继1996年亚特兰大奥运会香港选手李丽珊帆板夺金之后，中国人获得的第二枚帆船项目的奥运金牌。

38岁的意大利老将达历山德拉·森西尼屈居亚军，英国选手布里妮·肖获得铜牌。

跆拳道吴静钰折桂

2008年8月20日，北京奥运会跆拳道女子49公斤级冠亚军决赛，在北京科技大学体育馆正式揭开战幕。

北京奥运会跆拳道女子49公斤级比赛一共有16名选手参加，吴静钰作为世锦赛冠军，以头号种子的身份参赛。

而亚锦赛上曾经战胜过吴静钰、来自中华台北队的杨淑君同在上半区，两人将在半决赛提前决战。

吴静钰每次登场之前，都会先用矿泉水洗洗脸，甚至弄湿自己的头发，然后走上比赛台，面对着观众和每一个角上的教练鞠躬……

对此，吴静钰的教练王志杰说："用矿泉水洗洗脸是为了让自己清醒一点，全身心地去比赛。至于鞠躬，那是跆拳道项目上的重要礼节。吴静钰是个特别注重细节的孩子，她的礼节一直是最好的。"

观看吴静钰的比赛，就会发现这个看上去柔弱的小姑娘拥有自己的绝活，即精准、勇猛的下劈腿，而且上去就冲着对手的头部，往往是一击制胜。

吴静钰从9时第一轮比赛，一直打到20时的决赛，一共4场较量，场场能够用"下劈腿"击中对方头部而得分，前两轮比赛甚至都没等到三节比赛结束，就早早获得7分的优势,从而提前锁定胜局。

吴静钰决赛的对手是泰国选手贝德蓬,吴静钰此前在大赛中从来没有碰到过她。对此,吴静钰说:"真的是不了解她,但赛前我把困难想得很多,这样打起来就有准备了。"

王志杰教练则表示:"这个泰国选手的确没有任何的资料,是他们新换上来的一名队员。不过,我们通过观看她今天的一些比赛录像制定了战术。总的来说,我们要求以我为主。当然,吴静钰的比赛从来没有被动过,一直是主动进攻的……"

吴静钰夺得了奥运会跆拳道女子49公斤级金牌,这也是中国代表团在北京奥运会上夺得的第四十五枚金牌。同时,这枚金牌也是中国跆拳道队首次派出选手出征奥运小级别比赛获得的第一枚金牌。夺得金牌后,吴静钰身披五星红旗绕场一周。

皮划艇金牌卫冕成功

2008年8月23日下午，在顺义奥林匹克水上公园，举行北京奥运会皮划艇静水男子双人划艇500米决赛。

决赛开始，孟关良和杨文军排在了第五赛道，起航过程中孟杨组合率先冲在了前头，并且抢占了半个艇身的优势。

当他们抵达250米的计时点时，成绩为48秒22，仍然处于领先的位置。

在最后冲刺阶段，俄罗斯组合向他们发起了挑战，最后时刻，孟关良和杨文军顶住了对手的冲击，以1分41秒025的成绩率先冲线。

俄罗斯组合乌列金和科斯托格洛德落后0.257秒居于亚军，德国选手获得铜牌。

经过激烈争夺，中国选手孟关良和杨文军成功卫冕，为中国皮划艇队夺得北京奥运会上的唯一一枚金牌，为中国代表团本届奥运会夺取第四十八块金牌。

俄罗斯组合以1分41秒282获得亚军，德国组合以1分41秒964分获得第三名。

中国皮划艇队，在上届奥运会上，连一个参赛资格也没有，而在本届奥运会，却拿下了一枚沉甸甸的金牌。

可以说，皮划艇的突破，关键是在人的使用上，体现了不拘一格的用人理念。首先是加拿大籍的教练马克给中国皮划艇队带来的先进训练手段，使中国皮划艇队插上了"翅膀"。

其次是把孟关良与杨文军组合在一起。在此之前，孟关良是中国一位非常出色的单人划选手，他在全国以及亚洲都是所向披靡。而比孟关良小 7 岁的杨文军，则是皮划艇一名后起之秀，曾夺得亚运会冠军。

要把这两个已经是成品的选手重新组合，这要下很大的决心，冒很大的风险！

就是在这样有着极大风险的情况下，他们在当年 5 月的世界杯比赛中，就已经获得了 1 枚金牌，使得中国皮划艇队在世界大赛中实现"零的突破"。

拳击赛勇战喜获双金

2008年8月24日，北京工人体育馆正在举行北京奥运拳击赛的48公斤级决赛。

在北京奥运男子拳击48公斤级比赛中，蒙古选手普列布道尔吉·塞尔丹巴在第二局因伤弃权，中国选手邹市明夺得金牌。

这是中国参加奥运会以来获得的第一枚拳击金牌。这枚金牌也是中国代表团在本届奥运会获得的第五十枚金牌。

紧接着，8月24日下午，北京奥运会男子拳击81公斤级决赛，也在北京工人体育馆展开激烈争夺。邹市明的胜利，让观众们对接下来这场有中国人参加的81公斤级决赛充满期待。

参加比赛的张小平，当时在中国拳击81公斤级选手中排名第一。他曾多次获得全国拳击锦标赛、冠军赛冠军，此前他的最好成绩是2007年该级别亚锦赛第二名和世界锦标赛第九名。

他拥有1米9的个头和过人的臂展，这在81公斤级的拳击比赛中有比较好的身体优势。不过这次爱尔兰对手与他身高相同，在这方面他们旗鼓相当。

爱尔兰的肯尼·伊根此前的战绩也与张小平相当，

他在 2007 年世锦赛中与张小平同获第九名。

第一局，张小平打得很稳，2 比 0 暂时领先。

第二局，张小平开始有点着急，不过爱尔兰选手却没有因他的急躁获得更多的机会。最终，张小平以 5 比 3 结束战斗，两人的体力都消耗不小。

最后一局，张小平以 11 比 7 取得领先的地位。当比赛剩下最后 20 秒时，观众已经在等待最后的胜利时刻了。在最后 5 秒，所有观众迫不及待地为张小平开始倒计时："5、4、3、2、1！"

甚至比赛还剩最后两秒时，张小平已经兴奋地伸起双臂庆祝自己的胜利，当他刚刚伸起手臂时，发现比赛还没结束，对手还正虎视眈眈地盯着他，张小平又把手臂放下，恢复到准备的姿势。当他刚放下手臂时，终场铃声便响了！此时，他反而没有再举起手臂，而是双膝及地，跪谢这个给予他梦想的赛场。

经过 4 回合 8 分钟的艰苦对决，26 岁的张小平最终以 11 比 7 战胜爱尔兰选手肯尼·伊根夺魁。这是中国拳击继邹市明之后的第二个奥运会冠军，同时也是中国军团收获的第五十一枚金牌。

三、圆满成功

- 年逾七旬的美国奥委会主席尤伯罗斯称赞北京奥运会时说:"如果让我来颁奖的话,我希望把第一块金牌发给北京的人民,还有为赛会服务的志愿者。"

- 2008年8月24日晚,第二十九届奥林匹克运动会闭幕式在国家体育场隆重举行。

- 美国哥伦比亚广播公司赞叹道:"北京奥运会的唯一'不足',是今后的奥运会开幕式和闭幕式和这一次相比都会相形见绌。"

交口称赞志愿者服务

2008年8月6日，年逾七旬的美国奥委会主席尤伯罗斯称赞北京奥运会时说：

如果让我来颁奖的话，我希望把第一块金牌发给北京的人民，还有为赛会服务的志愿者。

后来，联合国秘书长潘基文也来信说：

向北京奥运会、残奥会的全体志愿者致以崇高的敬意和极大的鼓励，北京志愿者协会同时被授予"联合国卓越志愿服务组织奖"。

对此，北京奥组委志愿者部部长刘剑说：

奥运志愿者服务是一种使命，我们希望通过热情优质的服务践行承诺，让国际社会满意，让各国运动员满意，让人民群众满意。

在北京理工大学体育馆签到区的墙上，900张灿烂的笑脸围绕在中国印和五环的周围，这是900名志愿者和工作人员的心灵家园。大家在这里交流，互相鼓励。

来自华中科技大学的志愿者刘翊枫说："志愿者来自四面八方，都以服务奥运为己任，大家合作愉快，是一个融洽的团队。"

8月13日下午，来自北京中医药大学的志愿者赵阳在地铁奥运支线2号安检口服务。短短半个小时有10多人次来询问公交车站在哪里，赵阳总是笑脸相迎，耐心解答。赵阳说："当人们笑着离开，向我们致谢时，大家会有一种自豪感。"

北京奥组委志愿者部一位负责人说："志愿者是助人为乐等中华民族优秀传统的传承者，志愿精神是社会主义核心价值体系的重要内容，志愿服务是建设社会主义和谐社会的有效途径……众多志愿者参与、支持、奉献奥运，服务社会，可以提升人们的综合素质，提高社会的文明程度，推动和谐社会建设。"

北京奥运会开幕前后，170万名志愿者在场馆内外默默无闻地服务。他们以真诚的微笑、优质的服务赢得社会各界好评。

13亿人微笑着面对全世界，全世界也会微笑着面对我们。

举行北京奥运会闭幕式

2008年8月24日晚，第二十九届奥林匹克运动会闭幕式在国家体育场隆重举行。

出席闭幕式的党和国家领导人有胡锦涛、江泽民、吴邦国、温家宝、贾庆林、李长春、习近平、李克强、贺国强等人。国际奥委会主席罗格、国际奥委会终身名誉主席萨马兰奇、国际各单项体育联合会负责人，以及来自世界各地的领导人和贵宾出席闭幕式。

当晚的国家体育场内歌声飞扬，洋溢着热烈喜庆的气氛。来自各国各地区的运动员、教练员和来宾，在团结、欢乐、和谐的气氛中，共同庆祝北京奥运会取得圆满成功。

在欢快的乐曲声中，胡锦涛、江泽民和罗格等走上主席台，向观众挥手致意。全场响起热烈的掌声。

这时，用焰火组成的数字出现在体育场上空，全场观众一起大声倒计时。

20时整，闭幕式正式开始。在雄壮的中华人民共和国国歌声中，五星红旗冉冉升起。

鼓声响起，文艺表演第一节《相聚》开始了。体育场中央，200名鼓手铿锵击鼓，1148名身挂银铃的少女翩翩起舞、放声歌唱；体育场上空，两面天鼓缓缓飞来，兴奋的人们在场内奔腾翻转，鼓声、歌声、铃声相互交融……

伴着轻快优美的音乐，旗手们手持参加北京奥运会的 204 个代表团的旗帜走进体育场。

奥林匹克运动发源地希腊代表团的旗帜率先入场，东道主中国代表团的旗帜最后入场。各代表团运动员从 4 条通道同时入场，走在前面的是获奖运动员。

全场观众舞动彩色绸扇，用热烈的欢呼声，向体育健儿们表达由衷的敬意。

随后，为男子马拉松比赛获胜者举行了庄重的颁奖仪式。

接着，3 位新当选的国际奥委会运动员委员会委员代表国际奥委会，向 12 名北京奥运会志愿者代表献花。

国际奥委会为近 150 万名志愿者真诚奉献、优质服务而感动，决定在闭幕式上特别增设这项仪式，表达对广大志愿者的诚挚谢意。

然后，举行了升希腊国旗、奏希腊国歌仪式。

之后，北京奥运会组委会主席刘淇在闭幕式上致辞：

尊敬的胡锦涛主席和夫人，尊敬的罗格主席和夫人，尊敬的各位来宾，女士们，先生们，朋友们：

第二十九届奥林匹克运动会已经胜利地完成了各项任务。在北京奥运会即将落下帷幕的

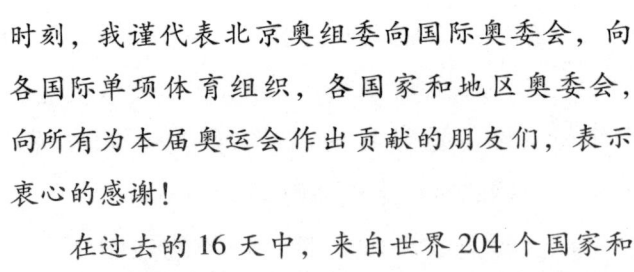

时刻，我谨代表北京奥组委向国际奥委会，向各国际单项体育组织，各国家和地区奥委会，向所有为本届奥运会作出贡献的朋友们，表示衷心的感谢！

在过去的16天中，来自世界204个国家和地区的运动员弘扬奥林匹克精神，在公平竞争的环境中，顽强拼搏，展示了高超的竞技水平和良好的竞赛风貌，创造了骄人的运动成绩，共打破38项世界纪录，85项奥运会纪录。当凯旋的号角吹响的时候，让我们向取得优异成绩的运动员表示热烈的祝贺！

向所有参加比赛的运动健儿致以崇高的敬意！同时，也让我们向为此付出辛勤劳动的媒体记者和工作人员表示衷心的感谢！

同一个世界，同一个梦想，One World, One Dream！今天的世界需要相互理解，相互包容，相互合作，和谐发展，北京奥运会是世界对中国的信任，不同国家地区，不同民族，不同文化的人们组成了团结友爱的奥林匹克大家庭，加深了了解，增进了友谊。中国人民用满腔热情兑现了庄严的承诺，实现了"绿色奥运、科技奥运、人文奥运"，留下了巨大而丰富的文化和体育遗产。

2008年北京奥运会是体育运动的盛会，和

平的盛会，友谊的盛会。

　　朋友们，熊熊燃烧的奥运圣火即将熄灭，但中国人民拥抱世界的热情之火将永远燃烧。在这个时候，我们希望朋友们记住充满生机与活力的北京和各协办城市，记住钟情于奥林匹克运动的中国人民，记住永远微笑，甘于奉献的志愿者。让我们真诚地祝愿奥林匹克运动不断发展。谢谢！

然后，国际奥委会主席罗格在闭幕式上致辞：

亲爱的中国朋友们：

　　今晚，我们即将走到 16 天光辉历程的终点。这些日子，将在我们的心中永远珍藏，感谢中国人民，感谢所有出色的志愿者，感谢北京奥组委。

　　通过本届奥运会，世界更多地了解了中国，中国更多地了解了世界，来自 204 个国家和地区奥委会的运动健儿们在光彩夺目的场馆里同场竞技，用他们的精湛技艺博得了我们的赞叹。

　　新的奥运明星诞生了，往日的奥运明星又一次带来惊喜，我们分享他们的欢笑和泪水，我们钦佩他们的才能与风采，我们将长久铭记再次见证的辉煌成就。

在庆祝奥运会圆满成功之际，让我们一起祝福才华横溢的残奥会运动健儿们，希望他们在即将到来的残奥会上取得优秀的成绩。他们也令我们备感鼓舞，今晚在场的每位运动员们，你们是真正的楷模，你们充分展示了体育的凝聚力。

来自冲突国家竞技对手的热情拥抱之中闪耀着奥林匹克精神的光辉。希望你们回国后让这种精神生生不息，世代永存。

这是一届真正的无与伦比的奥运会，现在，遵照惯例，我宣布第二十九届奥林匹克运动会闭幕，并号召全世界青年四年后在伦敦举办的第三十届奥林匹克运动会上相聚，谢谢大家！

在升英国国旗、唱英国国歌后，226名中外少年儿童用希腊语唱起奥林匹克会歌，奥林匹克会旗徐徐降下。

奥林匹克会旗交接仪式开始。时任北京市市长郭金龙从执旗手手中接过五环旗，向全场观众挥动，然后交给国际奥委会主席罗格。

罗格将会旗交给下届奥运会主办城市伦敦市市长鲍里斯·约翰逊。

接下来是伦敦奥组委带来的8分钟精彩接旗表演。只见一辆具有伦敦特色的红色双层巴士驶入体育场，随即变成一个移动舞台。英国著名女歌手在吉他伴奏下唱起英国歌曲，舞蹈演员跳起富有浓郁英国文化特色的舞蹈，歌舞赢得观众阵阵掌声。英国著名足球运动员贝克汉姆，高兴地把一个足球踢向场内……

随后，在舒缓深情的音乐声中，文艺表演第二节《记忆》开始了。两尊人体运动雕塑缓缓升起，演员用不同的运动造型演绎着奥林匹克精神。

21时19分，一座标有北京奥运会会徽的飞机舷梯出现在体育场上。3名即将起程离开的运动员登上舷梯，满怀深情地回望仍在燃烧的奥运圣火。一名运动员从背包中取出一卷精美的画轴，徐徐打开。

在悠扬的乐曲声中，记录北京奥运会一个个难忘瞬间的画卷，在体育场上方的展示屏上依次打开，然后慢慢卷起。

当画面被卷起时，北京奥运会主题歌《我和你》的动人歌声响起，熊熊燃烧了16天的奥运圣火渐渐熄灭。

随着奥运圣火的熄灭，体育场中央一朵巨大的"圣火"喷薄而起。396名表演者攀成一座"记忆之塔"，用灵动的肢体模拟奥运圣火继续燃烧。

全场观众同时点亮手中的火炬灯，与场中的"圣火"交相辉映。

"记忆之塔"上，表演者做出攀登、奔跑等姿势，最后呈现出北京奥运会会徽"中国印·舞动的北京"造型。

16条祥云纱沿"记忆之塔"缓缓升起，向空中延展，最后变幻成一棵象征友谊、欢乐的"祥云之树"。

刹那间，炫目的焰火腾空而起，把体育场上空装点得一片辉煌……

接着，文艺表演第三节《狂欢》在激情澎湃的旋律中开始。饱含深情的歌唱，扣人心弦的杂技，热烈奔放的舞蹈，如梦似幻的空中特技……令人目不暇接。

最后，100多名演员唱起《远方的客人请你留下来》。场内的运动员和演员跳起欢快的圈舞，全场观众纷纷起立、热烈欢呼。

飘逸的祥云纱在场内飞舞，缤纷的彩纸漫天飞扬，歌声、笑声、欢呼声响彻天宇，国家体育场成了欢乐的海洋。

与此同时，北京市的18个区县燃放起绚丽的焰火。天安门广场上空，朵朵礼花会聚成耀眼璀璨的巨圆，象征着北京奥运会圆满成功。

北京奥运会在奥林匹克运动史上留下了辉煌的一页。来自204个国家和地区的1万余名运动员在过去16天里挑战极限、攀越新高，刷新了38项世界纪录和85项奥运会纪录，多个国家和地区实现了奥运会金牌和奖牌"零的突破"。

中国体育代表团取得了51枚金牌、100枚奖牌的优异成绩。并且，中国体育代表团第一次名列奥运会金牌榜首位，创造了参加奥运会以来的最好成绩。

世界盛赞北京奥运会

2008年8月24日晚，北京奥林匹克运动会闭幕式在精彩的演出中渐渐拉下了帷幕。

对于北京奥运会，各国给予极高的评价与赞美。

美国哥伦比亚广播公司在闭幕式文字直播中不断赞叹道：

北京奥运会的唯一"不足"，是今后的奥运会开幕式和闭幕式和这一次相比都会相形见绌。

美国全国广播公司记者在他的博客中说：

离开中国和北京让我非常难过，我非常荣幸能一起经历一场真正与众不同的奥运会。

正当北京欢庆第二十九届奥运会闭幕之际，远在万里之外的英国也是举国沸腾。

英国人欢庆本届奥运会闭幕，伦敦市长约翰逊接过奥林匹克会旗，2012年伦敦奥运会正式开始倒计时。而且，英国队以19枚金牌、47枚奖牌创下了100年来的最佳成绩。这一天，整个英国沉浸在节日的喜庆之中。

路透社发表的消息中说：

北京奥运会降下了帷幕，过去 16 天它向世界献上了精彩的体育比赛，同时也充分展示了当代中国的力量。

在北京奥运会闭幕之际，正在筹办《青年中国》的法中友好人士若弗鲁瓦·热尔迪说：

2008 北京奥运会以不断刷新世界纪录和奥运会纪录的成绩，以新颖的体育设施，以高效的组织能力，以近乎完美的服务，以胜于一场好莱坞电影的恢弘开幕式和闭幕式表演，将被载入奥运会史册。

……

北京为奥运会建设了一大批现代化的体育设施，在令人惊叹的同时，也让人感受到中国人民 7 年来为奥运会作出的杰出贡献。北京奥运会让全世界人民看到了一个真实的中国。

法国前游泳运动员斯特凡尼·迪蒂耶也对记者说：

尽管在此前存在诸多争论，但是从北京奥运会开幕到闭幕，无论是世界各国运动员，亲临现场的游客，还是电视机前的观众，所有的人都不得不承认，这是奥运历史上最为成功的一届奥运会。

24日晚，北京奥运会圆满结束，韩国媒体纷纷给予积极的评价。

韩国SBS电视台全程转播了奥运闭幕式。当闭幕式结束时，解说员说：

相信奥运会将成为促进中国政治、社会等多方面发展的契机。作为中国的邻国，我们理应祝贺中国成功地举办奥运会。

韩国联合通讯社在《再见北京，相聚伦敦》的文章中写道：

北京奥运会并不是结束，而是传递出一个强烈的信息，那就是正在崛起的中国将迎来新的开始。中国国家主席胡锦涛和全国人民都为北京奥运竭尽全力，正是希望奥运会能成为中国迈向世界一流国家的契机。

比利时比中商会会长刘海涛、高红夫妇认为："如果说开幕式展现了中华古老文明与中国的现代化成就，那么闭幕式则表现了中国人民欢乐向上、开放乐观、迎接未来的精神风貌。"

印度国家电视台评论员在点评北京奥运会时用得最多的一个词就是"震撼"，他说：

> 作为发展中国家的中国，能举办这样一届空前的体育盛会令人震撼。包括印度在内的很多国家在北京奥运会上实现金牌"零的突破"，这也是震撼之处。

墨西哥公共频道电视二台的直播从当地时间24日6时30分开始。奥运会幕后功臣志愿者代表的入场，让墨西哥媒体很感动：

> 正是他们促成了北京奥运会的成功，他们不仅仅感动了运动员，也感动了世界。

本书主要参考资料

《我和你：北京奥运17天》新华月报编 人民出版社

《壮美的奥运》周兰芝编 中国人民公安大学出版社

《北京2008全世界体育盛会》沈伯群主编 海洋出版社

《从雅典到北京：奥运风云录》刘晓非著 清华大学出版

《奥运会上的中国冠军》吴重远主编 新蕾出版社

《北京奥运村纪事》北京奥运村运行团队组织编写 北京出版社

《荣誉殿堂：北京奥运中国冠军的故事》宁丰主编 中国社会出版社

《百名媒体人感悟北京奥运》新华社新闻信息中心编 新华出版社

《中国军团——2008年北京奥运会冠军风采》万伯翱编 海峡文艺出版社

《2008北京奥运会大盘点》周丛政主编 湖北科学技术出版社